这一生，至少当一次傻瓜

奇迹的苹果

〔日〕石川拓治 著
王蕴洁 译

南海出版公司

新经典文化股份有限公司
www.readinglife.com
出　品

别让我祈祷能在险恶中获得庇护，
而祈祷可以勇敢地面对险恶；

别让我乞求痛苦止息，
而乞求我的心可以战胜痛苦；

别让我在人生战场上盼望盟友，
而是发现自己的力量。

别让我在不安和恐惧中渴望救助，
而祈愿我的坚韧可以赢取自由。

请别让我做一个弱者，
只在成功中感觉到你的仁慈，
但请让我在失意时感到你双手紧握。

——泰戈尔《采果集》

目 录

前言　苹果汤的滋味

二〇〇六年十二月七日，“专家风采”栏目播出了苹果果农木村秋则先生的故事。

反响极为热烈，是节目自二〇〇六年一月开播以来前所未有的。之后的几个月，有七百多封电子邮件和信件寄到NHK电视台。除了要求重播，希望将信转交给木村先生和请教栽培方法，最多的就是表达“希望可以吃到木村先生的苹果，哪怕一次也好”的心愿。

节目从东京白金台的一家餐厅拉开序幕。

那是一家只有资深老饕才知道的餐厅，预约用餐起码得等上半年。这家餐厅的一道招牌菜就是“木村先生的苹果汤”。主厨井口久和先生一边切苹果，一边说：“这种苹果居然不会烂，一定凝聚着种植者的灵魂……”

在井口先生的厨房，我们看到一个切成两半、已经保存了两年的苹果。一般的苹果切开后很快就会变成咖啡色，然后开始腐烂。然而，木村先生的苹果不会烂，只会枯萎般越缩越小，最后变成淡红色的果干，散发出甘甜的香气。

二〇〇六年夏天，我们开始了采访。

当初，我听到有果农“不用农药，不用肥料，就可以让苹果树结出丰硕果实”的消息，觉得难以置信。我从小在青森县弘前市长大，看惯了因洒农药一片雪白的苹果园，也知道果农在防治病虫害方面需要耗费大量时间和精力。

然而，木村先生的苹果不仅没有使用农药，也不使用任何有机肥料，苹果却不会烂，其中到底隐藏着什么秘密？

带着这个疑问，我拜访了住在岩木町（现属弘前市）的木村秋则先生。根据事先掌握的消息，得知木村先生“似乎是个很怪的人”。我坐在木村家拉门已经破了洞的客厅内，用津轻地区的方言问木村先生：

“为什么不用农药也可以种出苹果？”

“经常有人问我这个问题，其实我也不知道。可能是我太笨了，苹果树也受不了我，只好结出苹果来。哈哈哈。”

他在糊弄我。当时我暗想。

带着这份不解，我开始了长达六周的采访工作，渐渐发现木村先生是一个笑口常开的人。自己说了笑话会哈哈大笑，听别人说话也笑声不断，聊到以前不愉快的回忆时，不知为什么，他最后也总会发出笑声。录音人员一开始听不懂津轻话，纳闷地问："为什么木村先生常常莫名其妙地笑？"随着采访工作的进行，我们终于了解到，在这笑容的背后，隐藏着许多苦痛的辛劳和不堪回首的往事。看着从人生谷底爬上来的木村先生灿烂的笑容，我们也不自觉地跟着笑起来。

木村先生的无农药苹果种植，历经八年反复尝试、从无数失败中汲取教训，得到了独门秘诀。即便如此，木村先生还是一如既往地说：

"我是傻瓜，所以只会像野猪一样一心往前冲，心想总有一天会成功。"

秋天，木村先生的苹果树结出了丰硕的果实。把这些苹果拿去检验，没有验出任何农药。我们在苹果园内拿到的最贵的苹果名叫"晒"，每棵树上只能结出一两个。其中一些因为夏天曝晒过度而裂开，无法出售。虽然卖相不好，口味却和我吃过的完全不一样。咬一口，会发出清脆的声音，嚼劲十足，甜味和酸味十分浓烈。这种野生的味道，的确符合木村先生口中的"树木之果"的感觉。

不用农药和肥料种出苹果，个中的科学奥秘至今没能解开。

只知道木村先生的果园内杂草丛生，栖息着很多昆虫，青蛙也在那里产卵，鸟鸣声此起彼伏。的确是一个令人心旷神怡的地方，苹果树应该也有相同的感受吧。

木村先生挑战无农药苹果的前后经过，无法在节目中完整呈现。于是，节目主持人茂木健一郎先生建议把木村先生的故事写成一本书。准备一年半之后，这本书终于完成了。

书中增加了石川拓治先生的全新采访，木村秋则先生漫长而坚强的奋斗史，就在这里为您呈现！

柴田周平（NHK“专家风采”节目编导）

序章

西博尔德[1]所著长崎出岛到江户的游记中有一段文字，描绘了日本农村的美丽风景。

> 日本农民发挥了惊人的勤劳和智慧，他们将斜坡下多石的地方开垦成种植谷物和蔬菜的田地。在被深沟分割出的细细田垄中，大麦、小麦、油菜花、圆白菜、芥菜、鸠豆、豌豆、萝卜、洋葱等隔着一英尺排开。没有一根杂草，也没有一块石头……我们站在宽阔的大路上全神贯注地眺望着这美丽的景色。蜿蜒的道路穿过松林，穿过村落，两侧

① Philipp Franz von Siebold（1796－1866），德国内科医生、植物学家、旅行家。

是绿油油的苗床和菜地。细心修整后的模样和家乡公园里的散步小道很是相似。道路的每个转弯处都有新景致，给行人带来惊喜，仿佛是特意设计的一般。(《江户参府纪行》)

读着西博尔德的记述，虽然我不是农村人，也不是江户时代的人，却不知为何产生了一种自豪感。

这是几百年来延续至今的日本风姿。

如果说用石头堆砌成的宏伟教堂和在海洋中纵横驰骋的舰队是欧洲文明的象征，那么，精致规整的水田和一尘不染的道路就是日本文明的精髓。

日本人勤劳刻苦、热爱整洁，以种植稻谷、豆子和蔬菜为生，用心地治理这个岛国的每个角落。

岩木山是耸立在津轻平原上的独立山峰，山麓下那片绵延的苹果园也不例外。

每座果园内，苹果树都修剪得十分整齐，树下的杂草短如草坪。绿油油的茂密树叶反射着夏日的阳光，每一片都宛如经过精心擦拭般闪闪发亮。即使不是西博尔德，不论谁看到这片被精心呵护的苹果园，都会情不自禁地发出赞赏。

对苹果果农来说，保持果园整洁不仅是获得丰硕果实不可或缺的工作，更是一种道德修养。

因此，也难怪眼前这片果园的主人会被人用当地方言取了一个很糟糕的绰号“灭灶”。

二十世纪八十年代后期的某个夏天——

时序入夏，苹果园里绿意更浓。岩木山上的山风吹过，几亿乃至几十亿的树叶随风摇曳，宛如波涛翻腾的林海。

只有一座果园与这景象格格不入。

最引人注目的是园内恣意生长的杂草，有些已经高过人的胸口。不难发现今年这里还没有割过草。

在这座杂草丛林中，蚂蚱唯我独尊地跳来跳去，蜜蜂乱舞，青蛙扯开嗓子高鸣，田鼠和兔子四处奔窜。这哪里像果园，简直是荒芜的野山。

拨开挡在前方的杂草，一步步试探着走进丛林，这称为“划草”。在这座果园，必须用划草的方式才能走到苹果树旁。

修整高达三四米的苹果树时，需要梯子。一般果园都把草剪得非常短，地面踩硬后，平整得几乎可以打网球，搬动梯子也不需要费太大的力气。然而在这座果园，搬梯子就是一项艰巨的任务。果园的主人搬着梯子走在齐胸的杂草中，早已大汗淋漓。

既然这么辛苦，干脆把杂草割一割。而且杂草容易滋生虫子。周围的果农拜托果园的主人赶快修一下草，但他就是固执地不肯点头。

仅仅这一点就引起周围勤勉的果农极大的不满，而苹果树的模样更是惨不忍睹。

夏季，其他果园的苹果树树叶繁茂，枝头挂满了青涩的果实，让人担心树枝会被压断。然而，这座果园的苹果树几乎没有结果，树叶也少得可怜。明明是夏天，树叶却已经掉得差不多了。那些好不容易留下的树叶中，有的出现了茶褐色的斑点，有的沾上了黑漆漆的煤烟般的东西，还有的满是洞眼。

这座果园一片荒芜，像得了皮肤病掉毛的狗。

为什么会荒芜到这种程度？

附近的果农无人不知——

因为，这里没洒农药。

六年来，这座果园的主人没有在园里洒过一滴农药。苹果树理所当然会生病，会遭害虫啃食，初春冒出的嫩叶大半在夏天到来前就掉光了。所以，苹果树这几年都没有开花。

而且，果园的主人明知道果园变成了这副德行，一举一动却更加令人匪夷所思。

黎明前他就来到果园，有时候从早到晚抓苹果树上的虫子；有时候就在杂草中坐一整天，一动也不动；有时候又把醋装进农药喷雾器中，洒在苹果树上，或是用食用油洗树皮……他的行为根本不像正常的果农。

今天，他从一大早就头枕双手躺在苹果树下。

“灭灶”就是炉灶的火已经灭了的意思。炉灶是一个家庭的生活中心，如果连它都熄了火，就代表这个家已经支离破碎、走投无路了。对果农来说，这个绰号是最大的侮辱，但这个男人却“当之无愧”。

不仅如此，他在果园内时坐时躺，别人如果知道他在干什么，恐怕不只骂他“灭灶”，还会怀疑他的脑袋是不是有问题。

他并没有睡着。

夏天的烈日下，茂密的杂草散发出阵阵青草味。虫子在草荫下鸣叫，微风徐徐，变黄的树叶纷纷飘落。不知名的虫子嗡的一声掠过他的脸。

即使身处宁静的果园，躺上一整天，也会遇到各式各样的情况。然而，这个人对外界发生的事情视若无睹、不闻不问。

他专心致志地用目光追踪着一只害虫。

危害苹果树的害虫不计其数。除了专门吃初春嫩叶和花芽的苹褐卷蛾、台湾卷蛾等卷叶蛾类的幼虫，还有会啃食叶子的尺蠖、蚜虫、叶螨，以及会危害果实的螟蛾幼虫和介壳虫……光是代表性害虫，种类就不下三十种。

那天，他专注地观察着一只尺蠖。

一般的尺蠖最粗也不会超过四毫米，但这只尺蠖比人的小指还粗，长度也比小指长，它一定被苹果叶喂饱了。

它身体圆滚滚的，移动的样子很可笑，宛如人类用大拇指和食指时张时合测量长度一般，缓缓移到了苹果叶背后。

它的动作十分缓慢，花很长时间啃完一片树叶后，开始寻找下一片树叶。照理说，它可以随便找一片叶子吃，但似乎有自己的标准。

首先，它绝对不吃生病的叶子，即便是健康的绿叶，也不是每片都能获得它的青睐。

它寻找着只有自己才知道的理想的树叶，慢慢地从一片叶子移向另一片。

原本就够让人心焦了，它还不时忽然停下。是察觉到动静受到惊吓，还是只是情绪不稳定？它用最后面的伪足抓着树枝，伸直全身，僵硬地静止了十几到二十分钟。它身体表面的颜色、图案和灰白色的苹果树枝令人惊叹地相似，也许是一种拟态吧。仔细观察，会发现它嘴里吐出极细的丝，把身体固定在树枝上。

男人觉得尺蠖再怎么巧妙地伪装，也可以一眼看穿，但似乎可以骗过鸟儿的眼睛。蠕动的虫子转眼间就会变成鸟儿的佳肴，静止不动的尺蠖却不会受到攻击。

他从一大早就在苹果树下睁大眼睛，不知厌倦地观察着尺蠖的一举一动。

这是侵害他心爱苹果树的可恨敌人。

他认为熟知尺蠖的习性后，也许可以发现消灭它们的方法，只是这观察尺蠖的眼神未免也太温柔了。

从某个角度说，这些尺蠖几乎已经毁了这个男人的家庭。

苹果树的叶子被啃得面目全非，已经好几年没结果了，他也连续好几年没有收入，一家七口过着赤贫的生活，几乎快走投无路了。

尺蠖不小心掉在他胸前，他便抓起来，用放大镜仔细观察它，然后又放回苹果叶上。

“不要吃太多叶子哟。”他对它说。

果园的角落，竖着一块硬纸板广告牌，上面写着：

“警告害虫！如果你们继续在此肆虐，我将使用烈性农药！”

无论怎么想，都觉得他不是正常人。

然而，正因为他异于常人，才会做出这种不可能的事。

他要栽培无农药苹果。

简单地说，这是他的梦想。

至少在那个年代，这是百分之百不可能实现的梦想。

黑道大哥："改天想单独跟你喝酒！"

这个男人名叫木村秋则。

木村在不结果的苹果树下观察尺蠖，二十年后，也就是二〇〇六年岁末，我有幸见到了他。

奇迹的苹果。大家都这么称呼木村先生种的苹果。

要买他的苹果极其困难。听说用他的苹果制成的苹果汁，有三分之一都被某政治人物包下了；还听说东京有一家法国餐厅用他的苹果做出顶级的汤，预约已经排到一年以后。

类似的传闻不计其数。

他花了将近三十年的时间，研究培育无农药苹果。

原本以为他一定很难打交道，没想到我从东京打电话请求采访时，他竟欣然应允，让我有点措手不及。

他住在岩木町，从青森县 JR 弘前车站开车大约需要三十分钟。岩木町以前属于中津轻郡，那年二月町村合并后，成为弘前市的一部分。

他说出租车司机不容易找到他家，他会亲自来车站迎接。

然而，我们在约定的时间到达弘前车站后，等了好一会儿，却不见木村的身影。打电话给他也找不到人，家里的电话一直占线，手机只听到铃声响个不停。

一个小时后，才终于联系上他。

“对不起，对不起，忽然来了客人。我马上去接你们，真的很对不起。”

木村在电话里的声音极大，我忍不住把手机从耳边拿开。

是我们要来采访，他根本不用这么连声道歉。而且，他浓重的津轻口音似乎有抚慰人心的效果，我们顿时忘记了在飘雪的车站前等了一个多小时的事。

木村说马上来接我们，但我们还是又等了几十分钟，最后搭出租车去了他家。

驶过赏樱胜地弘前城护城河旁的道路，穿越市区，经过岩木川后，我们看到前方耸立着一座令人叹为观止的雄伟山峦。那就是岩木山。

岩木山又称津轻富士，外形和富士山十分相似。这是由火山运动形成的锥状火山，说它是富士山的兄弟山也不为过。但岩木山不像弟弟，更像妹妹。优美和缓的山麓曲线向平原延伸开去，经常被人们形容为平安时代的公主穿的十二单衣。对生活在津轻平原的人来说，这是一座特别的山，自古以来就寄托着人们的信仰。

木村家所在的岩木町就在山脚下。

划归到弘前市后，岩木町的人们仍然以种植苹果和稻米为生，一片典型的日本东北地区农村景象。

木村说，他家不好找，所以冒雪赶到家附近的加油站来接我们。他五十过半，理得很短的头发已经花白。个子不高也不矮，差不多是那个年龄段的平均身高。很瘦，但肌肉很结实，是从事体力工作多年的人特有的体型。

这样的描述或许会让人觉得他是一个沉默寡言、没有太多表情的人。就性格而言，他的确算是典型的日本人。

然而初次见面，他就满脸笑纹，对我们笑脸相迎。

他是一个开朗的人，只要在他身旁，心情就会愉快起来。见面的那一瞬间，他就给人一种熟悉的感觉，好像已经和他认识了几十年。

来到他家的客厅兼办公室后，才知道刚才电话打不通的原因——传真接连不断。

木村的苹果并非通过一般的流通渠道销售，是名副其实的“产地直销”。客人用明信片或传真订货，木村直接送货到客人家里。由于他太有名了，供不应求的状态已经持续了好几年。在那天采访过程中，订货的传真一直没停过。

听说木村曾经因为致力于攻克无农药栽培苹果这个难题，导致一家人多年生活困苦，但这已经是十多年前的事了。

如今，他是报纸和电视争相报道的名人，“信徒”遍布日本各地。他还去国外教授农业技术。他的苹果能在转眼间就销售一空，收入应该已大幅增加，但从他家的客厅完全感受不到这一点。

木村秋则这个人似乎对奢华生活不感兴趣。

眼前是朴实的农家庭院，榻榻米和纸拉门已经好几年没有更换了。家里有好几只猫，都曾是附近的流浪猫。木村说即使换了拉门和榻榻米，也会很快被猫抓坏，于是干脆不换了。矮桌上放着一台老掉牙的计算机，用来整理顾客资料，用的仍然是 MS-DOS 系统。一整摞订购苹果的传真堆在计算机旁。

最近的传真除了订购苹果，还有不少是鼓励木村或是找他探讨人生的。

“自从上了电视，各式各样的人都会给我打电话、发传真。有很多年轻人，也有寺庙的住持或医生等不同行业的人。上次有三个长相可怕的黑道兄弟开着一辆进口轿车来我家，把我吓得半死，还以为出了什么事……”

木村说了一个东北地区大都市的名字。

“他们特地来找我，我问他们有什么事，他们说‘可不可以请您接一下电话’，说完递给我一个手机。电话那一头好像是他们的老大，我还以为他要说什么，没想到他竟然对我说，‘我看了电视哭了。’他说他好久没哭了，为告诉我这件事，特地派三个兄弟过来，只为说一句‘改天想单独跟你喝酒’。”

十二月初，**NHK** 的“专家风采”栏目介绍了木村的人生。

“很多人对我说，我当时说的每一句话都留在他们心中，但我这个傻瓜根本不记得当时说了什么。”

说着，木村咧开已经没了牙齿的嘴巴笑起来。

木村才五十多岁，牙齿却几乎掉光了，仅有的牙齿也像褐色的苹果芯般萎缩了，根本无法咬动食物。照理说，他可以去治疗，或是干脆装假牙，但他没有这么做。

“我用牙齿换来苹果树的叶子。”他说着冷笑话，自己哈哈大笑起来，似乎毫不在意。

我努力思考该如何向读者传达他的笑声。因为我从来没有听过这么爽朗的笑声。

他的笑声不是“哈、哈、哈、哈、哈”，而是“啊、啊、啊、啊、啊”，没有 H 的音，有点像东野英治郎扮演的水户黄门[①]的笑声。从光国的笑声中抽掉傲慢，再增添五成的开朗，或许就成了木

---

①江户时代水户藩第二代藩主德川光国。光国官拜中纳言，相当于中国唐代的黄门监，因此世人称他为水户黄门。

村的笑声。

那个下雪天之后，有将近一年的时间，我只要一有空就往弘前跑，似乎只是为了听听木村的笑声。他的笑声不仅令人愉快，还有一种深不见底的力量。

实际上，从他嘴里说出的事并非都可以一笑置之。

“一个想要自杀的年轻人打电话给我，说他刚研究生毕业，学费什么的已经花了父母很多钱，现在他不管做什么都失败，找不到工作，也回不了家，所以打算一死了之。看了那期节目后，他改变了心意，有了继续活下去的勇气。”

那个年轻人说，和木村经历的辛苦和挫折相比，自己的烦恼根本算不上什么。我问木村当时是怎么回答那个年轻人的，他稍微沉思了一下。

“嗯……我好像说，很高兴他改变了心意，然后，我告诉他当个傻瓜就好。做做看就会知道，没有比当傻瓜更简单的事了。既然想死，那就在死之前当一次傻瓜。身为有过相同念头的过来人，我领悟到了一点：为一件事疯狂，总有一天可以从中找到答案。”

木村这句话，道尽了他的人生。

弱不禁风的现代苹果

不用说，木村为之疯狂的就是无农药栽培苹果。

即使现在，仍然有不少专家说这是不可能的任务。

如果不使用农药，就无法种出苹果。

对种过苹果的人来说，这是常识中的常识。不是果农，或许不太能理解这句话。

即使不务农也知道，现代农业密切依赖农药，几乎所有的农作物都使用过农药，不使用农药的只有极少数。然而，这只是依赖的问题，不使用农药，应该不至于种不出农作物，况且市面上有许多外观不怎么漂亮、没有使用农药的蔬菜和水果。

进一步说，以前根本就没有农药。

江户时代的农民不使用除草剂和杀虫剂，照样种稻米，种蔬菜。至于苹果，至少在牛顿的时代就有了，让他发现万有引力法则的那个苹果应该没有使用农药。如果不用农药就种不出苹果，那么放在威廉·退尔[①]儿子头上的水果就不是苹果，因为十四世纪的瑞士并没有农药喷洒器。

难道使用农药不是为了增加收成、节省作业时间、让农作物的外表更好看吗？大家应该都这么认为吧？

这么想没有错，但在现代果农看来，这种观念很天真。问题并不是不使用农药收成会不佳这么简单，而是不使用农药，就会毁了苹果树。

不同种类的农作物，对农药的依赖程度也大不相同。

据日本的研究发现，不使用农药，苹果的收成会因为病虫害减产百分之九十以上。黄瓜也一样，不使用农药，收成会受到极大影响。但黄瓜可以每年重新播种，苹果的情况就要复杂得多。如果苹果树受害严重，收成低于正常值的百分之十，来年就无法开花。无法开花，当然不可能结果。也就是说，只要连续两年进行无农药栽培，苹果的收成就几乎等于零。不恢复使用农药，这种状况就无法好转。

其实，现代的苹果和威廉·退尔或牛顿时代的大不相同，这也是无法种出无农药苹果的最根本原因。

---

①瑞士传说中的民族英雄。

原因就在于品种改良。现代的苹果和以前的苹果完全不同了。

如今，大家都认为亚当和夏娃在伊甸园偷吃的是苹果，其实，在《旧约》里，只提到那是分辨善恶的果实。谁都不知道分辨善恶的果树到底是什么树，但这种树的果实变成苹果，是因为“苹果”一词在英语和德语中原本就是“树木的果实”之意。

这件事表明了古人在认识其他水果之前，也就是从遥远的古代开始，苹果就已经存在了。事实上，瑞士曾经在四千年前的欧洲居民遗迹中发现了炭化的苹果。许多考古学家认为，这意味着当时已经开始苹果种植。

无论在罗马帝国、希腊城邦还是古埃及，苹果都是广为人知的水果，人类栽培苹果已经有数千年的历史。

这种蔷薇科苹果属植物的野生种，广泛分布于西欧和亚洲，一般认为，目前食用的苹果品种的原产地是高加索山脉的山麓地带。

野生苹果很小，酸味和涩味很重，现代人根本无法食用。在欧美国家，至今仍在种植用于制作苹果酒的野生酸苹果，那是一种很接近野生种的小苹果，甜度较低，古埃及和古希腊人食用的应该也是这种类型的苹果。

当时已经有了嫁接技术，古希腊时代的文献上记载着嫁接的方法。不难想象人们是挑选出口感较好的苹果品种，通过嫁接增加该品种的种植。在古罗马时代，已知苹果品种至少有十二种，即使古代的品种改良无法和现代的相提并论，但可以想见，人类在开始栽培苹果后的漫长岁月中，改良苹果品种的脚步从未停止过。

不光是苹果，我们目前食用的所有谷物、蔬菜和水果，都是经过极其漫长的岁月逐渐改良后的产物。水稻和麦子的野生种一旦成熟，种子就会四处飞散，我们种植的水稻和麦子不会如此，是为了方便收割改良出来的。不知道各位对香蕉没有种子是否感到不可思议。这是热带居民用了几千年的时间，挑选出没有种子的品种加以培育的成果。

十八世纪，英国人发现将两个品种杂交，可以培育新品种，品种改良的速度因而迅速加快。人们为了追求更美味的苹果，尝试用各种不同的品种进行杂交。

十九世纪，苹果品种改良在美国成为一种风潮。基础当然是移民们从欧洲带去的苹果，但在新大陆经过改良后的品种，比欧洲大陆的传统苹果更大、更甜。

可以说，十九世纪是一条分界线，之前的苹果和之后的苹果完全不同。

在十九世纪，发生了一件在数千年的苹果栽培史上举足轻重的事。

那就是农药的发明。十九世纪中期，人们发明了早期农药——石硫合剂和波尔多液。

当然，这些农药发明后，并没有立刻广泛使用。直到十九世纪末，苹果栽培业才正式使用农药。可以有效祛除病虫害的药剂彻底改变了品种改良的观念。

在没有农药的时代，即使经过品种改良培育出果实口感甘甜的苹果树，如果这棵树无法抵御病虫害，也无法顺利成长。换句话说，当时只能培育出可以自行抵御病虫害的品种。

随着农药的出现，这种限制就消失了。农药会承担对抗病虫害的作用，在改良品种时，就不需要考虑对病虫害的忍耐度，只以结出更大更甜美的苹果为目的。

事实上，我们目前吃的苹果几乎都是使用农药后开发的品种，也就是说，这些改良后的品种以使用农药为前提。

因此，现在的苹果比遥远的祖先——高加索山脉的野生种更大更甜，两者根本无法同日而语。另一方面，现代苹果失去了天然的抵抗力，变成了极其脆弱的植物，没有农药的协助，就无法对抗病虫害。

苹果这种密切依赖农药的水果，是现代农业的典型。

即使不搬出这番理论，种植苹果的果农也都知道，一旦疏于喷洒农药，苹果树很快就会遭到病虫害的严重侵袭。即使使用农药，如果喷洒时期和方法不正确，也会发生病虫害。

果农家的小孩一定经常听大人提起，在农药尚未普及的时代，自己的父辈和祖父辈为种植苹果费尽了千辛万苦。尽管他们付出了现代人难以想象的辛劳，青森县的苹果栽培却曾经数度面临全军覆没的危机。

海啸般袭来的成群害虫，在转眼之间蔓延的疫病……

苹果栽培的历史，也是在绝望中与病虫害战斗的历史。

农药为这个战场带来了一线光明。如果农药没有问世，苹果园早就从青森县消失了。

想不使用农药栽培苹果，简直就是痴人说梦。任何苹果果农都会这么认为。

问题是，木村为什么会疯狂地迷上这个痴人之梦？

朝着梦想一路狂奔的傻劲

一九四九年八月，木村出生在青森县中津轻郡岩木町。

他本来并不姓木村。

他是世代务农的三上家的次子。三上家虽无万贯家财，却拥有许多农田，另外经营苹果园还有不少收入，生活上不曾拮据。在那个年代，香蕉贵得吓人，苹果是常见的水果，价格十分稳定。苹果产地津轻地区的农民称苹果树是摇钱树，只要家人齐心协力种植苹果，就可以过上富足的生活。

三上家的祖父是老派人，小孩子在家读书就会挨骂。那时候，农村人都认为钻研学问只是一种爱好，农家的孩子热衷读书，早晚会提出要去大城市读大学，到时候父母只能卖田供养孩子。所以，他每天只能等到半夜祖父睡觉后才开始做功课。

家里不可能给他买书桌，如果半夜开灯立刻就会被发现，只能把苹果箱放到窗边当书桌，靠窗外的雪光读书。母亲偷偷帮他拿来蜡烛照明。用一根蜡烛会有影子，他记得经常一次点三根蜡烛。

“如果不做功课，会被老师骂。我根本是夹在爷爷和老师中间左右为难。”

木村说完笑了起来，他应该不讨厌读书。他擅长的科目是数学和自然，绘画方面的才华也不输给大人。有一次，作业要求在拉门用纸上画水墨山水，他交上去，结果被老师骂了一顿。后来，那幅画虽然在比赛中获了金奖，但老师一直深信那是请大人代劳的……

少年时代，木村最热衷的还是机械。和其他小孩子一样，他小时候也玩玩具，但和一般人的玩法不太一样。

小学低年级时，他央求祖父买了机器人玩具，回到家时，机器人已经被“五马分尸”。在回来的公交车上，他就把机器人肢解了。不管是汽车还是飞机，无论什么玩具……不，不光是玩具，他甚至趁大人不备，把家里的时钟和收音机都拆了。无论大人怎么骂他，他都当作耳边风。

对少年时代的他来说，玩具并不是用来玩的，他只想知道玩具能动能冒出火花的原理。了解机械的内部构造就是最好玩的游戏。

这和时代也有一定的关系。那时正是二十世纪五六十年代，电视机、冰箱和洗衣机被称为三大件，从战败的打击中站起来的日本，正迎来一股机械文明的浪潮。

井深大创办SONY的前身东京通信工业、本田宗一郎设立本田技术研究所，都是在木村出生三年前的一九四六年。进入五十年代后，本田开始生产第一辆摩托车“梦幻D型”，东京通信工业也接二连三地推出录音机、半导体收音机等新产品。

新产品成为富裕生活的象征，也寄托着人们的向往。

对普通百姓来说，这种新产品可望不可即，小孩子更是根本没有机会接触，但小孩子的游戏总是反映出当时的时代特征。如同现代的小孩热衷网络，当时的孩子也无不迷恋机械的神奇。一旦遇到神奇的东西，就想了解其中的奥秘，这是孩子的天性。他们总忍不住把身边的机械拆解，不论是有发条装置的机器人还是汽车玩具。只是像木村那样还没有玩就直接拆掉的小孩子并不多……

随着一年年长大，木村试着用拆解学到的知识把那些器械重新组装，从中找到了乐趣。

上中学的时候，我对电力产生了兴趣，很纳闷为什么收音机可以接收电波，电波可以转为声音。于是，我自己做了一个无线对讲机。我记得是初中二年级的时候，如果在家里玩，一定会挨骂，我就去外面做实验，把电线从电表前面拉出来。现在的电表应该没办法拉出电线，以前很简单。哈哈哈，我干了坏事，这是偷电。我从电线杆上直接把电线拉下来，检查无线对讲机能不能用，结果螺丝刀不小心把电路弄短路了。如果在家里，最多只是保险丝烧掉而已，但我是在外面拉的，结果电线杆上的保险丝烧掉了，附近四十多户人家都停了电。当时被骂得很惨。

木村的调皮捣蛋从来没有停止过。他曾根据专业杂志上刊登的电路图制作原始的计算机。那时计算机线路还使用真空管，据木村说，真空管是他偷偷从学校播音室里的旧机器上拔下来的，如果他的尝试顺利，不知道结果会怎样。学校的播音还能继续，可见真空管的状态有多差。

开始制作后，我才知道需要很多很多真空管。因为我没把书看完，只是按照说明做下去，刚开始没有注意到这个问题。后来才发现，如果那台计算机完成，差不多有三层楼高。我这才知道自己根本不可能做到，即使找遍整个青森，以一个中学生的力量，也搜集不到这么多真空管。

高中时代，木村做过好几台扩音器。当时正是吉他乐团的全盛时期，他受玩电吉他的朋友之托，废寝忘食，三天三夜不眠不休完成了。只是那扩音器功率太大，差一点把体育馆的窗户震破。窗户侥幸逃脱，但体育馆的喇叭被震坏绝对是它惹的祸。电吉他插上扩音器，刚拨动琴弦，喇叭就发出爆炸般的声音，之后就不吭气了。学校的喇叭最大功率只有五十瓦，而木村的扩音器功率将近一百瓦。

一旦迷上某件事，就完全看不见别的。他这种性格是天生的。

高三时，他迷上了摩托车。像飙车族一样半夜在田间小路上狂飙，结果在山路上发生车祸，断了好几根骨头。听起来很像他的作风，可他爱上摩托车是因为引擎。

> 我骑过本田 CR93 等各种型号的摩托车，也曾经用很便宜的价格从三泽基地的美国大兵那儿买二手摩托车。车买回来就直接骑很无趣，我就自己改装。虽然被称为飙车族，我却对增强排气声音完全没有兴趣。其实只要稍微改装一下引擎，就可以大大提升摩托车的性能。

火花塞点燃空气和汽油的混合气体，使之爆炸，再借由活塞和曲轴将这种能量转化为动力。构造虽然简单，却蕴含着深奥的学问。在人类发明的众多机械中，内燃机可以说是最出类拔萃的。对引擎了解越深，改造的可能性也就越大。

木村成了这无穷奥秘的俘虏。

如果木村生长在大城市，或是再晚一点出生，也许会成为优秀的赛车队技师，或是汽车引擎研发人员。

然而，昭和二十年代出生在津轻地区的他，甚至不知道世界上有这种职业。

我在家中排行老二，不需要继承家业，所以没打算务农。看到父母务农，我觉得没有前途。那时，我满脑子都在考虑效率问题，是典型的追求效率者。高二时，我获得了会计一级证书，想去当会计师，高中毕业那一年去应试，结果名落孙山。后来通过求职考试考取了川崎的一家公司。那是日立的一家子公司，为沙特阿拉伯、伊朗、伊拉克等国家的工厂建造输油管道。那时流行集体外出务工，我搭津轻快车，在昭和四十三年（一九六八年）三月二十三日抵达上野车站。好像坐了十七个小时。以前听过《啊，上野车站》这首歌，原来这里就是上野车站，我到了这么了不起的地方。车站里全是人，月台多得数不清。我既惊讶又感慨，沉醉地看了好久，才忽然回过神。

我不知道怎么转车去川崎。原以为上野和川崎很近，没想到根本不是这么回事。我向站务员问了老半天，费了九牛二虎之力才到川崎，看到公司人事科的人来车站接我，当时真的很高兴。川崎的太阳是橙色的，实在太令人惊讶了，我一直以为夕阳是红色的，可是在那里从来没有见过红色的夕阳。

那是二十世纪六十年代的川崎。

那时没有任何环保政策，工厂无数的烟囱就是繁荣的象征。川崎是日本屈指可数的工业区，城市污染也达到了极致。

十字路口充斥着货车吐出的黑色废气，几乎让人无法呼吸。即使在天气晴朗的日子里，工厂排出的废烟也让天空灰蒙蒙的。到了夜晚，都市的灯光让天上的云也亮得瘆人。早晨，木村穿着雪白的衬衫出门上班，到看着橙色的夕阳回到宿舍时，白衬衫的袖子已经被油烟熏脏了。河流像臭水沟般混浊，走在河畔，恶臭会让人忍不住捏起鼻子。自来水难喝得根本无法入口。这些在弘前都是难以想象的事。

然而，木村并不觉得来到了一个鬼地方，反而觉得这才是工业发达的都市。如果告诉老家的朋友，大家一定会十分佩服，觉得不愧是大城市。他在向往已久的大都市里意气风发地工作。

他被分配到成本管理科。在那里，他第一次接触到真正的计算机，而不是电路图。

考取会计证后，以为可以靠算盘养活自己，所以我很好奇计算机到底有什么能耐。我当时用的是IBM的计算机，是那种要把穿孔卡插进读卡机操作的旧机型。结果，不到一个月我就发现，这只是处理旧有数据资料的机器。无论多么高性能的计算机，不输入数据资料就无法使用。但数据资料都是过去的，就算搜集再多资料进行计算，都无法创造出新的事物，更无法开拓未来。所以，我觉得计算机只是玩具而已。

但我也知道，人类会成为这种机器的奴隶。目前的社会正是这样。越来越多的人和计算机一样，只懂得运用现成的东西，不会用自己的脑袋思考。对网络也一样，大家以为任何问题都可以在网络上找到答案。

木村并不是讨厌计算机，他只是觉得，学会卡片打孔的方式、学习计算机的结构、研究隐藏在计算机内的黑盒，就像小时候拆解机器人，仅仅是一种娱乐。

川崎的生活给木村留下了美好的回忆。工作乐趣无穷，在公司里受到前辈的照顾。成本管理科最核心的工作是核对各科的经费，他的工作是督促各科节省经费，照理说这是一项惹人厌的工作，但无论他去哪个科都很受欢迎。大家经常说，只要他一出现，整个科室的气氛就活跃起来。也许是他夹杂着津轻口音的大嗓门和天真纯洁的笑容的功劳。

每个周末，他都去湘南的改装车行。他和老板成了好朋友，一心扑在高中时代就兴趣浓厚的引擎改造上。

> 那时候的车子几乎都是丰田 Celica 1600 GT 或是日产 Skyline，为了增加引擎的动能，要把凸轮轴磨得像镜子一样闪闪发亮。必须边磨边用指尖确认削磨状况，但那是以千分之一毫米为单位的世界。习惯之后，光是用手指摸一下，就可以感受到这千分之一毫米的差异。人类的感觉实在太惊人了，比机器更精确。这样就可以把当时差不多一百二十马力的日产 Skyline 轻轻松松升级到三百马力。那时候我经常想，如果可以靠这个吃饭，应该很有趣，但不久后，我不得不奉命返回故乡青森。

木村在川崎那家公司工作了一年半后离职。他说的“返乡之命”来自他的父母。原本打算继承家业的哥哥想当飞行员，加入了自卫队，老二秋则不得不回家继承家业。

返乡当天，台风刚在青森肆虐完毕，只有祖父一人到弘前车站接他，家里其他人都去抢救遭受暴风雨摧残的苹果园和水田了。

为了开拖拉机入赘农家

我去田里一看，河水泛滥成灾，只有稻穗尖露出水面。当时我想，我就是讨厌这种情况才不愿意当农民。我是个讲究效率的人，立刻拨算盘计算了损失金额。即使每天浑身泥巴、大汗淋漓地工作，只要大自然稍微发个脾气，一年的收入就减少了这么多。从功利的角度来考虑，务农这一行当然很没有效率、很落伍。我老妈总是说："与其在大城市当别人的齿轮，还不如回家当农民。虽然可能没办法发大财，但我喜欢这种生活。等你上了年纪，也一定会喜欢田里的工作。"妈妈是战前时代的人，也没有上过学，不过她看过很多书，有时候会忽然说些很有道理的话。现在回想起来，觉得她说得实在太有道理了，可是当时根本听不进去。

木村在协助父亲的同时，也为不必继承家业绞尽脑汁。幸运终于降临在他身上。参加自卫队的哥哥改变心意回老家了，木村不需要再继承家业。再去都市上班，还是去湘南那家改装车行正式当学徒，成为车辆改装技师？他虽然心中充满梦想，但最后还是选择了务农。

二十二岁时，他和中学同学木村美千子结了婚。也就是从这个时候起，三上秋则变成了木村秋则。美千子是长女，要娶她，就必须入赘木村家。

务农也许是他的命运。

我很认真地务农，因为是入赘，不认真工作会被赶出家门的，啊哈哈哈！不瞒你说，因为拖拉机，我这个讲究效率的人在农业中看到了希望。不是日本的小拖拉机，而是美国那种大型拖拉机。我在杂志上看过照片，想要试试这种务农方式，也就是所谓的大规模农业。在广阔的土地上用拖拉机耕地，种植小麦、玉米。既然要务农，就要挑战这种效率十足的农业生活。我决定种玉米，梦想着有一大片像美国那样的玉米田。不……嗯，不瞒你说，其实我是爱上了拖拉机。拖拉机的构造很简单，只是把引擎和变速器连在一起而已，不像汽车有很多多余的装饰，开拖拉机就像直接开着引擎走。引擎迷当然会爱到发疯，我越接触就越喜欢，很快像当年迷上摩托车一样，爱得无法自拔了，啊哈哈哈！老实说，我是想摸拖拉机才认真务农的。

目前，岩木山一带除了苹果，还有一大名产，那就是玉米。品种名为“岳君”，取自著名玉米产地“岳高原”，口感甘甜鲜美，令人惊奇。在苹果还未上市的夏季，“岳君”是这一带的最佳馈赠礼品。

现在在岩木山山麓下县道三十号线旁的高尔夫练习场，当时是一片荒田。虽然称为荒田，其实只是杂草丛生的原野。木村租用了这一大片荒田，朝着向往的大规模农业踏出了一步。

他在种植苹果的同时，开始种植玉米。

伙伴当然是拖拉机。他一开始就买了一辆进口拖拉机。

入赘和娶媳妇不一样，但结婚时老爸还是给了我一块田和一笔钱。我用那笔钱买了英国产的拖拉机，制造厂家叫国际收获公司。我查了很多书和杂志，发现日本找不到三十马力以上的拖拉机，但这家公司的拖拉机有四十五马力。是柴油机，但不需要预热就可以发动。欧洲的柴油发动机很先进，我决定买那辆拖拉机，查了地址，就写信到英国。我想，人家英国人可能看不懂日文，就用罗马字写。我不懂英语，虽说是罗马字，可内容完全是日语，“Torakuta no Katarogu wo okutte kudasai. Kimura Akinori（请给我寄拖拉机的目录。木村秋则）”，啊哈哈！国际收获公司还真给我寄了目录。我忘了多少钱，好像是一百五十万日元吧。真是一大笔钱，那时候，一辆皇冠轿车也不过一百万左右，相比之下，农耕机械特别贵。

那辆拖拉机特别大，光是轮子就和木村差不多高，但木村就是喜欢这种只在引擎外加上盖子、突出机能的简单设计。当然，左邻右舍都没有这么大的进口拖拉机。

木村十分高兴，家里的小客车一年也洗不了一次，拖拉机他却每天都清洗。在田里干完活，傍晚回到家里，他就用千斤顶把拖拉机抬起来，洗掉轮胎上的泥巴，为车身打蜡。

拖拉机很大，根本无法开进车库，但木村不想让拖拉机经受风吹日晒，硬是要把它开进车库，结果车的一侧被刮伤了。后来，木村十分不情愿地卖了拖拉机，车库墙上仍然留着刮痕。每次看到那些刮痕，他就觉得三十多年前的事就像昨天发生的，历历在目。

巨大的拖拉机转眼间就把长满杂草的荒地变成了农田，惊人的力量让人忍不住爱上它。不一会儿，眼前就出现了一片在外国杂志上看过的广阔平整的玉米田。木村种的玉米品种是“Honey Bantam”，或许是土地肥沃的关系，种出的玉米十分优良。

然而，木村却为貉子的肆虐伤透了脑筋。一到收获季节，颗粒饱满的玉米就遭貉子啃食。

于是，我在田里放置了许多捕兽夹子，结果有一只小貉子被夹到了，母貉子就陪在旁边，我走过去，它也没有逃走。我想把小貉子从捕兽夹上取下来，没想到小貉子张嘴咬我。虽然觉得它可怜，我还是穿着雨靴踩住它的头，把它放了出来。没想到，它们没有逃走，母貉子就在我面前一直舔小貉子受伤的脚。看到它们的样子，我觉得自己罪孽深重。于是,我把一些卖相不好的玉米堆在农田一角，拜托它们“不要再来捣蛋了”。种玉米时，经常会有不少像我一样掉了牙齿的玉米，这种玉米卖不出去，我就全放在农田一角。第二天早上，我去田里一看，发现那边的玉米都没了，田里没有损失。

从此以后，我就不再放捕兽夹子，每到收成时节，就把缺了牙的玉米放在那里，貉子也几乎不再去田里偷玉米了。那时我就在想，可能是人类想把全部据为己有，动物才会来偷。这片农田原本就是貉子的家园。我也担心，如果给貉子食物，它们会不会越聚越多，搞不好会加倍作乱，幸好没发生这种事，我也很纳闷。怎么说呢，我好像认识到了大自然的神奇，意识到人类无法左右大自然。回想起来，那时候正是我放弃高效率农业的转换期。

木村种植玉米，除了想使用拖拉机进行大规模农业，还有一个原因。那就是妻子美千子对农药过敏。

俗话说，苹果种植靠农药。种植苹果需要密集地喷洒农药。木村天生就很勤快，而且追求效率，理所当然地根据病害防除日历上的指示，卖力喷洒农药。

家里有水田，收获农作物基本上用来自家食用，所以，一家的收入都靠苹果。而这又完全取决于能够生产出多少又大又甜、没有虫咬的漂亮苹果。病虫害是影响收入、威胁一家人生计的可恨敌人，为了铲除敌人，就得积极喷洒农药。

病害防除日历是农业专用的日历，会标示出什么时期用什么农药。不仅是苹果，橘子、桃子等水果，还有卷心菜、大蒜等蔬菜，几乎所有的农作物都有各自的病害防除日历。由于各地易滋生的害虫和病害不同，日历基本上都是在各县农业试验场专家的指导下，由各地农协印制。

木村使用的是青森县发行的苹果专用病害防除日历。报纸大小的日历上，详细记录着不同时期要喷洒的农药种类和浓度，内容相当复杂，外行人看了会头晕眼花，这却是预防病虫害不可或缺的。

昆虫、霉菌、细菌、病毒……苹果树会受到各种生物的攻击，不可能只靠一种农药驱除所有外敌。不同的病虫害容易发生的时期不同，如果不适时喷洒农药，就无法发挥理想的效果。而且并不是每年都在相同的季节喷洒。所以，病害防除日历每年都重新印制，预测病害和害虫的发生状况和天气情况。即使是经验丰富的果农，如果没有病害防除日历，也很难在适当的时间喷洒适量的农药。

病害防除日历还有一项功能，它可以将苹果上残留的农药控制在基准值以下。第二次世界大战后，人类制造出各种化学合成的农药，其中不乏 DDT 等因安全问题遭禁用的农药。

随着农药安全性相关研究的进展，农药的使用也设定了严格的标准。禁止使用明显对人体有害的物质，连允许使用的农药，也规定了使用浓度、频度和时期，极力排除农药残留可能对人体造成的不良影响。

关于农药的危害有许多争议，姑且不管这些，从公平的角度看，日本对农药残留浓度的标准十分严格，尤其近年来更注重食品安全，农民都尽可能减少农药的使用量。

病害防除日历同时也发挥着指导作用，有助于满足这些严格的标准。只要严格遵守日历上的指示，收成时，苹果的农药残留量几乎可以控制到接近零。

然而，安全地生产苹果和生产安全的苹果是两回事。

按照病害防除日历的指示，也许可以生产出安全的苹果，但上面并没有介绍安全地生产苹果的方法。

苹果上残留农药的浓度受到严格限制，就是因为农药可能对人体产生不良影响。收获苹果时，残留的农药或许可以无限接近零，但为此付出辛劳的果农每天都必须接触这些农药。

当然，每种农药都有使用注意事项，遵守了这些事项，就不会危害使用者的身体健康。

然而，果农一年要为好几百棵苹果树多次喷洒农药，很难彻底遵守注意事项。比方说，注意事项上写着“一旦沾到皮肤立即用水冲洗”，实际上在喷洒农药时，如果皮肤沾到一滴就跑去洗，根本无法做事。

种植苹果必须承担这样的风险。

更何况，当年的农药安全问题并不像现在这样广受关注。木村的妻子美千子的体质对农药过敏，每次喷洒完农药，都要在床上躺一个星期。

我一向按规定使用农药，为此还受过农协的表彰。在那个时代，人们根本不考虑农药对使用者皮肤的影响，一切优先考虑苹果生产。有种农药叫尼古丁，会散发一种让人想吐的臭味，听说有人喷这种农药时昏倒在农田里。我主要使用硫酸铜，那蓝色结晶真的很漂亮，那才是真正的钴蓝，就像教堂里的……花玻璃窗。实在太漂亮了，我甚至担心会不会有人拿来舔舔看。我把硫酸铜和生石灰混在一起当杀菌剂使用，这叫作波尔多液，日本从明治、大正时代就开始使用了。那时大量使用这种农药，连树叶都变成白花花的一片。其实光是把硫酸铜和生石灰混合制成波尔多液就不是容易的事。不只是皮肤过敏的问题，还有强碱性腐蚀，皮肤接触后会长很多水泡，就像被烫伤一样。

除了波尔多液，还要使用有机氯类农药等战后发明的化学合成农药。如今，有不少农药因为安全问题停产，连每年喷洒农药的次数都有规定。这种将多种不同种类的农药、杀虫剂和杀菌剂混合喷洒的方式，完全没有考虑到会对使用者造成什么危害。

从我懂事起，就看到父母用这种方式种植苹果，自然觉得很正常。种苹果就是这么一回事，就算引起化学烧伤也不算什么。但美千子对农药很敏感，每次喷洒完农药都会卧床不起，所以，我希望找到解决方法，或许这也是我开始种玉米的原因。想从事大型农业的确是原因之一，但如果靠种植玉米就有稳定的收入，就不需要再种苹果了，美千子也不会再受这种苦了。

若不是一个偶然的机缘，木村或许已经放弃种苹果了。使用拖拉机种植玉米十分顺利。而他一旦热衷一件事，就一往无前。如果他从种植玉米中发现了真正的乐趣，想必如今的岩木山山麓就变成一大片玉米地了。总之，种植玉米的收入稳定，就不需要种苹果，妻子也不必吃那么大的苦。

一切都是因为雪。津轻平原整个冬天都笼罩在一片茫茫白雪中，只能穿上雪鞋去清扫苹果树上的雪。对不需要出门打工赚钱的果农来说，冬天是辛劳的一年中难得可以休息的季节。

休息却是木村最不擅长的事。妻子美千子说，从来没有见过木村在家里悠闲地待着或是躺着看电视，他不做点什么就心神不宁。

田野被白雪掩盖的季节里，木村开始学习农业知识。他去镇上的图书馆或书店寻找各种书籍，认真阅读，想解答一年农作期间产生的疑问。有什么想法，立刻详细写在笔记本上。上床睡觉前也要看资料和书，就像准备参加考试的学生，床边堆满与农业相关的书籍和笔记。

那天，木村出门找与拖拉机相关的专业书。

他找遍镇上的几家书店，终于找到一本，它在最高一层的书架上。放在踮脚也拿不到的地方，说明销路很不好。

照理说，这时应该去搬张小矮凳或找店员帮忙，但他刚好看到旁边有一根木棍，就想偷一下懒。

我用木棍够那本拖拉机的书，结果，旁边的书也一起掉了下来。我慌忙捡起来，发现一起掉下来的那本书的书角摔烂了。地上积着不知是雪还是雨，书上也沾了泥巴，没办法，我只好连它也一起买回家，好像要两千日元。那么不值钱的纸，居然这么贵。书的装订也很差，一打开就好像要散了。我觉得吃了大亏，回家后就一直扔在一旁。放在那么高的地方，一定也是因为销路不好。差不多半年或一年后，我才开始看。那天没事，我把它拿出来，封面上有稻穗的照片，书的最前面写着“什么都不做，不使用农药和肥料的农业生活”。呀，还有这种农业生活？姑且不论会不会这么做，身为农民的我不禁产生了好奇。之后，这本书我看了好多遍，都被我翻烂了。这就是福冈正信先生写的《自然农法》。

改变一生的机缘

说福冈正信是农学家，其实更应该称他为思想家。

福冈否定人类的智慧，认为人工的都是徒劳。

听起来，他像是一个愤世嫉俗的思想家。然而，他的思想也是人类从创立文明之日起就产生的一个根本性的疑问。

《圣经·马太福音》中说“所以你们不要为明天忧虑，因为明天自有明天的忧虑；一天的难处一天当就够了”。耶稣告诉我们，不要为明天的事烦恼，要好好为今天而活。

佛陀用“对生的执着是人生痛苦的根源”来表达相同的思想，这个世界一切皆空，人类却执着于这些“空”的事物，所以感到痛苦。

这和老子否定人的智慧，认为“自然无为最理想”的观点在本质上是相同的。

为明天的事忧虑、为生而执着，都是人类智慧的产物。人类运用智慧满足欲望。然而，欲望没有止境，实现一个欲望，新的欲望随之产生。人类就是在不断满足欲望的过程中生发出文明，人类文明的历史也是人类欲望不断膨胀的历史。

普罗米修斯从天界盗火给人类，宙斯的惩罚是把他绑在悬崖上，让老鹰啄食他的内脏。普罗米修斯属泰坦一族，可以长生不老。内脏被啄食后，第二天又会长出来。他求死不能，永远活在内脏被老鹰啄食的痛苦中。这个残酷的惩罚，似乎也象征了无论文明多么发达，都无法拥有真正的幸福这个残酷的真理。既然人类文明发展的历史就是人类欲望膨胀的历史，那么文明永远都不可能为人类带来真正的幸福。既然这样，人类的智慧，以及人类借由智慧产生的各种作为到底有什么意义？

从得到文明的一刹那开始，人类就在内心深处思考这个问题。老子的自然无为，与这种文明背道而驰。如果实现欲望使人幸福是文明所持的观点，那么也有完全相反的方法可以使人幸福，那就是否定文明，自然乐活。如佛陀所说，欲望只是幻影；如耶稣所说，不要为明天忧虑，要感谢上帝，好好地活在当下。从文明论的角度来说，这或许是宗教真正的功能。姑且不论信仰问题，相信神佛只是一种手段，真正的目的在于对文明的观点提出异议，也就是否定人的欲望。

福冈否定人类的智慧、认为人为的都是徒劳的想法，应该是这一系列思想的延伸。他的独特之处在于并不是只将这些视为哲学和思想，而是在农业这种人类行为中实际证明。虽然他否定自然科学，自身却充满自然科学家的素养。

福冈正信一九一三年出生于爱媛县伊予市，从岐阜高等农林学校（现并入岐阜大学）农学系毕业后，进入横滨海关植物检验科从事植物病理研究。

世界级植物病理学家黑泽英一成功地从水稻赤霉菌中分离出赤霉素。福冈在他的指导下进行柑橘树脂病的研究，这期间，福冈形成了“人类的智慧和作为都是徒劳”的观点。战争期间，他在高知县的农业试验场指导科学农法的同时，也开始摸索不依靠人类智慧的农业方法。之后，他于一九四七年回归故里，在故乡爱媛县专心务农。

他努力的目标就是“无作为农业”。

他要在自己最了解的农业领域，用事实证明人类的智慧和作为是徒劳的。

大自然是一个可以自给自足的体系。即使没有人类的协助，草木也可以枝叶茂盛、开花结果。

人类在这个体系中进行人为的活动，试图得到对自己有利的结果，这就是目前的农业。

人类通常认为，只要施肥，就可以得到更硕大的果实；杀死害虫，就可以收获更多的农作物。于是苦心钻研施肥之道，进一步探究驱除害虫的方法。

日积月累，农作物不再是大自然的产物，而像是一种石油制品。现代农业需要大量化学肥料和农药，依赖农业机械才能存在，一旦燃料枯竭，会有什么后果？

福冈认为，这是证明人类的智慧和作为不仅徒劳，甚至会造成危害的最明确的实例。

然而，如果无法证明自己理想中的无作为农业比现代农业更加优秀，就会沦为纸上谈兵。且不论像石油制品还是什么，现代农业供养着全球庞大人口是不争的事实。

福冈在书中提到，他一开始尝试了真正的无作为农业。他从父亲手上接手了故乡的橘子园，不修剪，也不做任何事，任果树恣意生长。结果树枝乱长，害虫肆虐，橘子树都枯萎了。

人类种植的果树和大自然中的橘子树是两回事。

就好像在动物园长大的动物无法直接在野外生活，果园里的橘子树也一样，只是“不假人手”，无法回归大自然。不光是果园，农田也一样。

无作为农业就是百分之百地利用大自然的循环体系的农业。想让人类培植的农作物融入这个体系，需要经历一定的过程。

福冈发现这一点后，花了将近四十年时间，完成他提倡的

"自然农法"。福冈说，他为了验证"真的可以什么都不做吗"这个想法，屡败屡试。文明是朝累加即加法的方向发展，而他不断尝试减法，以无作为农业为最终的理想。

木村偶然买到的那本书中，记录了福冈屡败屡试后获得成功的"稻和麦的轮作播种"的栽培方法。

简单来说，这种农法是播下稻、麦、苜蓿的种子，收成时收割稻和麦，将稻杆麦杆撒在整片农田中。除此以外什么都不做。

福冈在书中说，三十多年来，他用这种方法得到的收成和使用农药的现代农业的收成相当。实在令人难以置信。

如果不需要耕田，也不需要插秧，更不需要农药和肥料，世界上的农民到底为何辛苦为何忙？

木村无法相信书上写的这些事。爱媛县适合稻麦的轮作，冬天被一片白雪掩盖的青森县的气候和爱媛县相差太大，根本不可能直接实施福冈的农法。

即便如此，木村仍然对这本书爱不释手，反复看了几遍。

渐渐地，木村内心涌起一个想法。这是为苹果大量喷洒农药时从来不曾有过的念头。

为了栽培苹果，每年从初春到九月的收成期间，要喷洒十几次农药。苹果树的树叶被农药喷得白茫茫一片。他一直深信，如果不这么做，就无法防止病虫害的侵害。

然而，果真如此吗？

挑战没人做过的事

当时我觉得太厉害了，如果这样也可以种出苹果，实在太厉害了。没有看到福冈先生的书之前，我应该不会考虑这个问题。因为世界上从来没有人这么做过。种苹果要用农药，不用农药就种不出苹果，这是常识中的常识。即使是现在，果农们仍然几乎都深信这一点。从某种意义上说，这种想法的确没错，不喷洒农药绝对会一败涂地。看了这本书，我长了不少知识。果农都认为，这种方法也许可以运用在其他果树上，但没有农药，就绝对种不出苹果。仔细思考一下会发现，并没有人验证过这一点。如果放弃照料苹果园，疾病和害虫就可能肆虐，果农完全无力招架，这是一贯的思维。但问题是，真的是这么一回事吗？

福冈的农园位于爱媛县。木村手上的这本书当然没有介绍苹果种植，不过详细介绍了橘子的种植情况。

后来福冈把枯萎的橘子园交由儿子经营，一开始似乎也使用了化学肥料和农药，之后慢慢减少用量，最后改用鸡粪和堆肥为主的肥料以及机油、硫黄合剂等危险性极低的传统药剂，种出了漂亮的橘子。至少在当时，福冈的橘子园也不是百分之百无农药无肥料。

木村并没有期望完全无农药，只希望尽量减少农药的喷洒量。

然而，当时找不到有关减少农药栽培苹果的教材，木村只能独自摸索。他阅读了每一本有关苹果的书。镇上的图书馆有很多这类书籍，他每天都去报到，同时还集中精力读了一些有机栽培方面的书。

后来，我觉得化肥不太好，就去搜集鸡粪做堆肥。我和几个果农一起制作了大量堆肥，简直可以拿出去卖钱了。我打算完全不用化学肥料，只用自己做的堆肥，再减少农药的使用量。那时候，我家有四座苹果园，三座是木村家原本就有的，另一座是我入赘时老爸送我的。我在这四座果园分别改变了喷洒农药的次数。以前，每年都要喷十三次农药，我就分别改成只喷六次、三次和一次。从结论来说，喷洒六次的果园的收成情况并不比正常使用农药的果园差；只喷洒三次的果园虽然受到害虫的危害，但还算能接受；只喷洒一次的果园里虫子实在太多，但收成也有正常果园的一半多。于是，我盘算了一下。

即使减少农药用量，果园承受的损失也没有想象中那么大。一年只喷洒一次农药的果园收成减了一半，但农药的费用只有原本的十三分之一。这样算下来，收益并不算太差。如果继续减少喷洒农药，真正做到无农药栽培，农药的费用就等于零，虽然不知道收成会因此减少多少，但应该不至于亏本。

每个果农都说，无农药栽培苹果是不可能的，也从来没有成功的例子。想到要挑战没有人做过的事，木村不由得激动起来。

这么一来，或许可以真正做到无农药栽培。现在回想起来，觉得完全是年轻气盛。我找我爸商量，问可不可以让我从明年春天开始挑战无农药栽培。不瞒你说，我以为会遭到反对。我认为自己可以，可从常识来看，应该没有人会同意，原本以为要花很长时间去说服他。没想到我刚提出“让我挑战无农药栽培吧”，我爸二话不说，立刻回答：“那就试试吧！”他太干脆了，反而吓了我一跳。

木村口中的“我爸”是美千子的父亲，也就是木村的岳父。

他的岳父在邮局工作多年，虽然有苹果园，却不是专业的果农。太平洋战争时，曾去过南方岛屿，有种植农作物的经验。那时，他在热带丛林中耕耘土地，种植水稻和芋头等。

我爸告诉我很多战争中的事。他用生锈破洞的钢盔代替竹篓在河里捞虾吃，还摆弄过不少农田。那时当然不可能有农药，可茄子长得像树那么高。他有过这种经历，所以没受到没有农药就无法务农这种既定观念的影响。回到日本后，他也进行了各种尝试，比方说插几根稻苗的收成最理想。他是一个很热衷研究的人，所以能理解我想做的事。如果我爸是彻头彻尾的果农，恐怕连要减少农药栽培苹果都很难说服他。不过，他事后笑着告诉我，他也认为我不可能不用农药就种出苹果，还以为我试个两三年就会放弃。

那是将近三十年前的事，那时木村才二十多岁。

木村自己也不记得准确的年龄，仔细推算一下，应该是在一九七八年前后，他从减少农药栽培改为完全无农药栽培。

那一年，木村将其中一座苹果园，也就是结婚时他父亲送他的那片位于岩木山山麓的十三多公亩土地当作农药零喷洒区。木村记得，那是他孩提时开垦的田地，他曾和哥哥一起在山麓斜坡上挖地，协助父亲种植苹果苗。

木村在这座充满回忆的果园里开始栽培无农药苹果。

通常，在初春苹果发芽前就要开始喷洒农药，苹果发芽后再度喷洒，开花后还要喷洒。不同时期喷洒的农药，出于预防疾病、驱除害虫等不同的目的，药剂种类自然也不相同。那时到秋天收获为止的半年时间里，果农平均要喷洒十三次不同种类的农药。

木村停止喷洒所有的农药。

枯树堆里的苹果

在青森，五月是苹果开花的季节。

开花的时候没有任何问题。

没有喷洒农药，果园内的空气十分清新，岩木山悠然耸立在蓝天下。木村亲手培育的苹果树，在这片美丽的风景中绽放出雪白的花朵。

苹果树和樱花都属蔷薇科，花型很相像，只是苹果树在开花前会长叶子，白色的花朵绽放在绿叶中，所以不像樱花那么华丽。

然而，对果农来说，那是最令人怦然心动的景象。

有了树叶和花朵，才能长出大苹果。不久，雌蕊经过授粉，子房逐渐隆起。树叶制造的营养不断输送给小果实，茂密的树叶是秋天收获果实的保障。

东北地区暮春的阳光骤然变得强烈，树叶仿佛配合阳光逐渐长大，绿意也更加浓烈。

进入六月，也没有遭受令人担心的疾病和害虫的危害。木村觉得好像在做梦。

也许自己有了惊人的发现——种植苹果根本不需要农药。

也可能是放弃化肥、使用堆肥奏效了。

无农药栽培这么简单，这种方法绝对会在转眼间传遍整个日本。苹果果农终于可以摆脱农药了，也许自己会成为这个重大发现的功臣。

有个词叫“空欢喜”。木村看着貌似健康的苹果树，陷入了名副其实的空欢喜。

只有最初的两个月看似顺利。进入七月后，苹果树叶忽然出现异常，开始变黄了。

> 刚进入七月，就出现了泛黄的叶子。在一片绿色中，黄色特别明显。变黄的树叶沙沙地掉落。不过，掉叶并不是大问题，在我减少农药栽培苹果时，也发生过类似的小毛病。那时我想“啊，果然会生病”，因为没有喷农药，这也是无可奈何的事。所以一开始，我还很冷静地接受这个事实。没想到，这次树叶一直掉个不停，整座果园的树

叶都慢慢变成了黄色。到了七月末，一半的叶子都掉光了。八月盂兰盆节时，树叶已经寥寥无几，好不容易留在树上的叶子也差不多都变黄了，几乎所有的苹果树都成了枯木。初春时开了花，最后还是结了果，但怎么说呢，感觉像是枯树堆里结出了苹果。

苹果树因为生病掉叶子，就会拼命长出新叶子，但好不容易长出的新叶子也很快染了病。是苹果斑点落叶病。叶片上出现茶褐色的斑点，不久，所有树叶都变黄掉落。木村没想到不使用农药会遭受这么大危害。喷洒一次农药的果园和完全没喷洒农药的果园，简直就像天堂和地狱。

老实说，当时我真的觉得农药实在太神奇了，喷洒农药可以防治那么多病害。不过，说出来可能有点奇怪，看着一整片枯萎的果园，反而激发了我的斗志。初春没有任何问题时，我并没有这种充实的感觉。因为在停止喷洒农药后，除了做堆肥，我什么都没做。知道栽培无农药苹果不是件简单的事情，我顿时浑身是劲，觉得英雄终于有了用武之地。我告诉自己，一定要用自己的力量把这座枯树山变回绿色果园。

夏天结束，进入秋季后，苹果树忽然在这片枯山般的果园里开花了。这是反季开花。树叶都掉光了，气温又开始下降，苹果树可能在生理上陷入了和初春相同的状态。

其他果园开始收获苹果。但在木村的果园内，苹果花绽放在无法继续生长、又苦又小的果实旁。

眼前的景象让人不寒而栗。秋天开花的苹果树不可能在翌年春天开花了，它绽放的是明年春天的花芽。这么一来，明年的收成也泡汤了。

然而，木村却看到了苹果树在努力，想要活下去。

苹果树每次掉叶子就会长出新叶子，一次次地掉落，一次又一次地长出新叶子。即使生了病，也要拼命活下去。

叶子是植物生命的根源。

叶子的每个细胞中存在数百个叶绿体，叶绿体可以把太阳光转化为能量，吸收空气中的二氧化碳和水，合成糖，进行类脂质和蛋白质的代谢。树木失去叶子，如同动物失去食物。

苹果树处于极度饥饿的状态下，误以为春天来了，为了培养下一代开花了。

只要能消除树叶的疾病，拥有这么旺盛的生命力的苹果树就一定可以复活。保护树叶是无农药栽培苹果的头等大事，如何在不使用农药的情况下保护叶子？只要能找到方法，就可以把被视为不可能的“无农药苹果栽培”变成可能。

木村没有告诉任何人，他相信自己可以做到。

摩托车和拖拉机的引擎很复杂，打开盖子的一刹那，简直令人感到绝望。在分解的过程中，能逐一了解每个零件在整体构造中发挥的功能，只要了解这一点，就可以随心所欲地改造机械。种植苹果应该也一样。

苹果的病害是由霉菌和细菌引起的。

比如，苹果斑点落叶病就是一种真菌造成的。这种真菌在树叶和果实的表面繁殖，破坏生命体的机能，就像人类的皮肤病。只要找到这种真菌惧怕的物质，喷洒在苹果树上，防治应该不是困难的事。

木村考虑是否可以用平时食用的食品取代农药来预防疾病。这么一来，人们可以安全食用苹果，果农也可以安全地种植苹果了，还能减少对环境的影响。当他从这个角度思考时，发现了不少可能有效的食品，比如大蒜、山葵等许多食品具有天然的杀菌能力。也许还可以找到一种食品，虽说它没有杀菌能力，却内含阻碍霉菌和细菌生长的物质。

这时，有一个问题摆在眼前。

光在一座果园里试验这些食品整体耗时太长。

当初在四座果园中只选择一座进行无农药栽培，当然是考虑到收入的问题。木村并不认为无农药栽培一开始就能获得成功，即使不使用农药的那座果园的收成为零，收入也只减少四分之一而已。虽然不知道多少年才能成功，但原本的计划是等确定不使用农药也能获得稳定收入后，才在其他果园实施无农药栽培。

木村看着荒凉的果园，觉得眼前的状况不允许他这么优哉下去。果园内所有的苹果树都陷入了营养失调状态，这样下去，树木本身会衰竭。必须尽快找出保护树叶的方法，但苹果树一年只结一次果，这就是农业的难处，即使栽培三十年，也只能收获三十次苹果。

为了尽快找到正确答案，必须尽量增加实验的次数。

翌年，木村将两座果园改为无农药栽培。第三年，他下定决心，四座果园都停止使用农药。苹果的收成等于零。那时，家里还有水田，不算完全没有收入，但几乎等于零了。

即便如此，木村仍然认为这是唯一的成功之路。

就算别人认为他疯了，他也无话可说。

也许他真的疯了。

苹果没有收成，就代表没有收入，我真的做了件蠢事，简直就像朝着地狱奔跑。但当时我满脑子只有这件事，一心想找到可以抑制苹果斑点落叶病的食品。

这是木村从小的习惯，一旦热衷一件事，就不顾一切。当年他玩机械、改造摩托车时，完工前都睡不着觉，每次都是连续两三天不合眼。回到老家结婚务农后，他还是第一次表现出这种精神状态。这代表无农药苹果栽培对木村来说，已经不是单纯的工作了。从这个角度来说，或许木村很幸福。但考虑到家计问题，这种状态无疑是极其危险的。

> 那时候，我根本不管收入的事，脑子里压根儿就没考虑过这个问题。想要尝试的事接二连三地从脑子里冒出来，其实就是遇到什么试什么。吃饭时，把酱油淋在鱼上，就会想也许酱油有效，于是无论如何都想试一下。睡梦中都在想这件事。只要有了灵感，即使是半夜也想爬起来去果园。我曾经把面粉兑水调成糊状喷在树上，也曾把烧酒稀释后喷洒，还试过山葵。把山葵粉溶在水里稀释后喷洒，结果眼泪流个不停。过一阵子再去果园，还可以闻到一股刺鼻的山葵味。啊哈哈哈，太好笑了！

木村还试过喷洒蛋清。他翻看讲述种玫瑰的家庭园艺书，发现上面写着牛奶可以防治蚜虫。既然可以防虫，或许对病害也有效。于是，他想稀释牛奶，但牛奶和水无法顺利混合，他就加了洗手用的肥皂，乳化后喷洒，当然没有效果。对付蚜虫的方法不可能对苹果斑点落叶病有效，但木村没想到这一点，他只想到牛奶是动物性蛋白质，同样是动物性蛋白质的蛋清或许会有效。

于是，我又尝试喷洒蛋清。那一阵子，我每天都只吃蛋黄，但无论怎么试都没有效果。唉，真的是在浪费时间。但当时还是忍不住想，再试试这个；今年这个没有效果，明年要试试那个……我整天都在忙这些，简直就像个傻瓜。

苹果树惨不忍睹，情况一年比一年糟糕。苹果斑点落叶病继续肆虐，不久之后，害虫出现了，数量多得惊人，苹果园简直变成了昆虫的天堂。

苹果成为最佳礼品

在十八世纪的英国，苹果在进行品种改良之前，最多只有温州橘[①]那么大。前面也提到过，当时是做料理或酿酒的原料，虽然也有人直接食用，想必是因为当时甜食不像现在这么丰富。以现代人的标准，那时候的苹果甜度不够，酸味和涩味太重，根本不是美味可口的食物。

进入十九世纪，这种接近野生种的苹果被称为“野生酸苹果”，和一般的苹果加以区别，后者指经过品种改良、又大又甜的苹果。品种改良的苹果已经变成“一般的苹果”所指了。当然，当时的“大”也只是相较野生酸苹果而言，在欧洲，很

① 日本和歌山县和爱媛县的特产，据传是当年遣唐使从浙江温州带去的橘种。

少有人像日本人那样把苹果切成小块食用。欧美人习惯把整个苹果拿在手上咬，所以，他们并不喜欢太大的品种。这也许是食用小小的野生酸苹果时代的饮食习惯仍然在欧洲保留下来的关系。

苹果的品种改良先在英国进行，后来在新大陆获得迅速发展。

十七世纪，“五月花号”登陆后，来自欧洲的移民把苹果树带入美洲大陆。品种当然是野生酸苹果。除了慰藉乡愁，它更是制作代替饮用水的果汁和苹果酒不可或缺的水果。在未开垦的土地上生活，最重要的就是确保饮用水的安全。开拓者的庭院里都种了苹果树。随着他们往西迁移，苹果产地也从东部扩展到西部。

这时，出现了一个名叫苹果核约翰尼的人。传说苹果核约翰尼是美国人尽皆知的英雄，他本名约翰·查普曼，协助开拓者种植了几千万棵苹果树。在苹果核约翰尼活跃的十九世纪中前期，美国陆陆续续出现了很多苹果的新品种。

现代苹果的祖先几乎都是在这个时期诞生的。只知道又小又涩的苹果的人，看到又大又甜的苹果，一定会目瞪口呆。新品种的树苗又出口到欧洲，美国诞生的大苹果立刻席卷全世界。

浪潮也波及打开国门不久的东方岛国日本。一八五三年，苹果核约翰尼离开人世的第八年，美国海军准将贝利率领四艘蒸汽船到达浦贺。七年后，丰前守新见正兴以签定《美日友好通商条约》的特使身份访美，把西方的苹果树苗从美国带回日本。

虽然无从得知到底是美国政府友情馈赠，还是丰前守自行购买，但西方苹果这种异国水果无疑是赠送幕府高官的最佳礼品。用现代话说，经过品种改良的又甜又大的苹果是文明国家美国引以为傲的最先进的高科技产品。

明治时代，日本各地开始种植这种西方苹果。内务省劝业寮和北海道开拓使从美国进口西方苹果树苗，实行推动农业发展的政策，在农业试验场嫁接繁殖后，分到全国各府县。

其实，日本自古以来就有苹果。织田信长的妹夫浅井长政就留有一封“获赠苹果答谢信”，只是当时的苹果应该是源自中国天山山脉的野生种，像欧美的野生酸苹果一样又小又涩。日本水源丰沛，没有欧美将水果榨汁代饮或酿酒的习惯，所以，苹果基本上都作为观赏用。

日文汉字“林檎”代表的就是这种传统苹果，当美国进口的苹果开始在日本各地种植后，传统苹果渐渐销声匿迹，并被冠上“和苹果”这个特殊的名字。

如同欧洲将接近野生种的原有苹果特地称为野生酸苹果一样，日本也发生了相同的情况。

西方苹果以惊人之势在日本推广。

劝业寮从明治七年开始发放苹果树苗，明治十年前后，这些长大的树苗第一次结果。明治十三年，日本各地的苹果树开始结果，美味的西方苹果销路大好，据说“一棵苹果树的收入相当于十六袋米”，“和苹果”根本无法与之相提并论。西方苹果树的种植面积迅速扩大，明治二十年前后掀起了第一次苹果热。当时，日本各地都在种植苹果，明治政府的计划成功了。

然而，这种景象并没有持续下去。因为并非只有人类喜欢新品种的苹果。

香甜的苹果成为昆虫的绝佳目标。不光是果实，柔嫩的新芽和树叶上也有很多害虫。果农在栽培西方苹果后不久就发现了这个问题，但他们是明治时代的果农，不会因为少许害虫就惊慌失措。那个时代没有农药，在害虫大量发生的季节，为保护苹果树，果农天不亮就开始抓虫。

这股苹果热在明治三十年代达到巅峰，之后苹果栽培却陷入了果农再怎么勤劳也无法克服的困境——那时的害虫已经不同寻常了。

有一种叫苹果棉蚜的昆虫，寄生在树枝分岔点和树芽的周围，如名字所示，它们会分泌出棉花般的白色物体保护自己。这种昆虫十分棘手，影响花芽的形成，阻碍果实长大。这是从美国进口树苗时带进来的外来生物，由于缺乏天敌，日本各地的苹果园都遭到了数量惊人的苹果棉蚜侵袭。接着，苹果巢蛾、桃蛀螟等各种各样的蛾幼虫又大量出现，啃食花和叶子。导致树干腐烂的“腐烂病”也开始流行，苹果树受害惨重，几乎不可能恢复原状。明治时代迈入尾声之际，几乎所有的县都放弃了种植苹果。

只有青森县例外。据说是青森县无法养蚕的缘故。

用米缴税的时代已经结束，货币经济体系也渗透到农村。农民收获农作物才能有收入，这也是明治政府积极引进西方苹果的原因。为了富国强兵，加入强国行列，日本必须增加税收。要增加税收，就必须提升当时占国民比例超过半数的农民的收入。明治政府除了引进西方苹果外，还尝试摸索其他提高农民收入的方法。养蚕也是其中之一，丝织品是当时日本的主要出口商品，蚕农收入丰厚。可以养蚕的地区不必勉强继续种植苹果。

然而青森因为气候的关系无法养蚕，而且，即使水稻因低温收成骤减，苹果的收成也不会受影响。对深受低温之苦的青森县农民来说，苹果是他们摆脱贫困的最大希望，所以无法轻易放弃苹果栽培。

他们用人海战术驱除骤增的害虫：面对几万、几十万的虫子，用双手一只一只地拿下，或用包布的木棍把它们从树上打下来；用袋子包起每颗果实预防害虫啃食；用稻草蘸着烧碱水清洗每棵树木……每一反[1]田需要十五个人手。当时，每棵苹果树都擦得像房柱般亮闪闪的。如果苹果树还是不幸枯萎了，就砍掉种上新的。

青森县苹果园经过感人的努力，终于保留下来。不幸的是，明治四十年代再度暴发灰霉病和褐斑病，苹果园真正面临毁灭的危机。尤其是明治四十四年的褐斑病，导致苹果树叶在早期就掉落，翌年初春苹果树也不开花，连续两年严重歉收。

人海战术或许可以克服害虫的肆虐，却对疾病束手无策。因为疾病无法用手祛除，当时的果农也和木村一样挑战各种可能的方法，尝试过马醉木、生石灰、硫黄、烟草茎和肥皂水等，但仍然无法阻止疾病的蔓延。

农药化解了这场令人一筹莫展的危机。

记录显示，日本的苹果栽培史上第一次使用农药是在明治四十四年，正是褐斑病流行、青森县苹果园深受其害那一年。

在青森县农业试验场研究人员的指导下，已在欧美普遍使用的农药发到了果农手中。一开始因为使用方法不当，发生了喷洒农药反而加速苹果叶掉落等状况，所以没有大量普及。进入大正时代后，果农知道了正确的使用方法，农药终于发挥出

①日本面积单位，1 反等于 1.5 亩。

惊人的防治病虫害的效果。

看到差一点因为褐斑病全军覆没的苹果树获得了重生，果农们争先恐后地引进农药。如同链霉素成为结核病的特效药一样，农药消灭了这些令果农束手无策的苹果病害。

果农掌握了对抗病虫害等大自然威胁的方法，终于可以安心种植苹果。

没有农药，青森县的苹果栽培可能会画上句号。

一脚踏进地狱

最早使用的农药是欧美国家发明的波尔多液。木村以前也使用过。

波尔多液原本是栽培葡萄使用的农药，这个名字来自葡萄酒的著名产地——法国的波尔多地区。十九世纪中叶，人们知道了硫酸铜和生石灰的混合物具有强烈的杀菌作用，可以让葡萄树免于遭受病虫害侵害。后来，其他农作物的病虫害愈演愈烈，波尔多液在世界各地被广泛使用。

从那以后，果树栽培方法发生了巨大的改变。葡萄、苹果、橘子、桃子……无论哪一种果树，都可以在广大的果园内密集栽种。去法国、意大利旅行时，眺望在柔缓的斜坡上绵延的美丽葡萄园，让人心旷神怡，其实这并不是大自然的美，而是彻底铲除了原本在那里生息的植物、昆虫和动物后才能看到的景象。

身为享受人类文明的个体，当然很难批判这件事。说得更直接一点，人类能够喝到葡萄酒，也是拜农药所赐。能够吃到苹果、桃子……不，更确切地说，能够吃到米饭，也是农药的功劳。目前地球上有六十四亿人口，要生产足以供养这些人口的粮食，就缺不了农药。

但是，大自然不会考虑这个问题，只要环境不符合自然规律，它就会努力恢复原本的状态。

在自然生态平衡的环境中，某一种昆虫的数量，受限于能获得的食物量和捕食这种昆虫的其他生物数量，因此可以控制在一定的范围内。这是因为生态系统具备某种反馈机能，但苹果园却不具备。把麦克风放在扩音器前，麦克风会将收进扩音器的杂音无限扩大，引起颤噪效应。自然生态环境与这种情况类似。

吃树叶的昆虫是食草动物。在自然界中，食草动物身负被其他动物吃掉的宿命。由此包括哺乳类和鱼类等在内的食草动物都会大量繁殖，借此弥补被食肉动物吃掉而减少数量的损失。然而，在苹果园这种食物无穷无尽的地方，食草动物原本应该减少的数量并没有减少，而以捕食食草动物为生的食肉动物却无法像它们那样大量繁殖。当食草动物超过一定范围时，借由食肉动物进行的反馈机能便无法发挥作用。如同麦克风将收进扩音器的杂音无限扩大一样，原本应该被吃掉的昆虫逃过一劫，又生了下一代，一代又一代繁衍下去，昆虫数量就会大爆炸。苹果园里的害虫在一年内繁殖数代，在人类看来，简直是转眼间就增加了几百倍。

时间退回一百年前，那种可怕的景象非笔墨言词可以形容。

在中国的主要粮食产地，自古以来就有飞蝗肆虐成灾的记录。当某种蝗虫的幼虫数量增加、单个群体的密度增大时，体形和生理特征都会发生变化，翅膀和后肢变长，可以承受长时间飞行，变异成喜欢集体行动的凶暴个体，把所到之处的植物扫个精光。

古代中国人称这样的蝗虫为飞蝗。飞蝗的群聚导致它们的外表和特质发生了极大变化，所以一般认为它们和二十世纪前的普通蝗虫种类不同。

日本江户时代也曾因浮尘子大量出现导致稻谷收成骤减，造成了大饥荒。和海啸、火山喷发一样，虫害也是人类多次面临的自然灾害。

苹果园虽然没有飞蝗或浮尘子，但在人类栽培的农作物中，苹果极易发生病害或受害虫攻击，现代人靠波尔多液和之后研发的各种农药，好不容易防除了病虫害带来的威胁，才能继续种植苹果。

然而，木村决定放弃使用农药。

接下来会发生什么，显然比秃头上的虱子更清楚。

事实上，发生的事情如我们所料。

疾病蔓延，害虫肆虐异常。不使用农药，苹果园只能走向毁灭。

木村经历的，正是一百多年前先人经历过的。

如果喷洒烧酒和山葵就可以对抗疾病和害虫，任何人都不必那么辛苦了。明治二十年代后约三十年间，日本全国几千名果农和农业技术人员面临着相同的难题，也付出了相同的艰辛。经过几十年的努力，才终于找到农药这个解决方法。

木村试图独自颠覆这个结论。

也许他过度相信自己的能力。

木村说自己“简直就像朝着地狱奔跑”，这句话一点不夸张。当时，木村真的是义无反顾地冲向最糟糕的境地。

他违逆日本苹果栽培的历史，走向毁灭之路。

苹果果农的梦魇

初春的时候，出现了卷叶蛾，然后是毛毛虫和尺蠖。毛毛虫有好几种，其实就是各种蛾的幼虫。我的果园里最多的是苹掌舟蛾的幼虫，除此之外，还有小白纹毒蛾的幼虫，红红绿绿的，外表很漂亮，但吃叶子吃得很凶。我之前不是说过吗，树叶掉落后，苹果树会再长出新的叶子。这个时候的叶子长在枝头。那些虫子吃完叶子后，在枝头挂成一长串，好像挤满人的电车。树枝因为虫子的重量垂下来。我不知道到底有几千只、几万只，还是几十万只，总之，苹果树上的害虫不计其数，实在很异样。我歪着头看着，不敢相信这是真的。

只要用手抓掉害虫就好。

起初，木村也这么想。

然而，害虫的数量太庞大，根本抓不完。

抓不完也不能坐视不理，至少必须把和隔壁果园相邻的树上的害虫抓干净，以免害虫跑进别人的果园。木村、美千子还有岳父岳母，每天从黎明到傍晚都在果园里抓害虫。

他们唯一的工具是超市的塑料袋，把袋子挂在手腕上，抓到害虫就丢进去，这样双手可以同时抓虫。

一棵树能抓出满满三大袋的虫子。然而，无论怎么抓，虫子都会接连不断冒出来，完全没有成就感，就像用一个底上有洞的水桶去池里打水。害虫不见减少，苹果树也不开花。当然，树上完全没有苹果。

无论怎么拼命抓虫，收成仍然是零。自己到底在为什么辛苦、为什么忙？

抱着这样的想法，木村每天从早到晚忙着抓虫。

枯萎的苹果叶掉落地面时，发出极其微弱的声音，微弱得几乎不能称为声音。

木村手腕上挂着塑料袋默默地抓虫，听着这隐隐约约的声音。

正值盛夏，他早已汗流浃背。即使汗水顺着额头和下巴流下来，双手也无暇擦拭，只能眨眨眼皮挤掉渗进眼睛的汗水，继续抓爬在树枝上的一只只毛毛虫。

周围的果园里，苹果树绿油油的树叶在刺眼的阳光下闪闪发亮，茂密的树叶把枝头压得弯弯的，几乎看不到果园的另一端。

只有木村的果园像冬天般凄凉，枯叶一片又一片地掉落。

沙、沙、沙。

隐隐约约的落叶声听在木村的耳中，仿佛擂鼓般响亮，又像是雷鸣般刺耳。即使回家钻进被子，似乎仍然听得到。

他觉得那是苹果发出的哀号。

红糖、胡椒、大蒜、辣椒、酱油、味噌、盐、牛奶、日本酒、烧酒、淀粉、面粉、醋……

为了不使用农药，他试过所有值得一试的食品、可以代替农药的食品。

木村认为只要能找到这种特效食品，这场战役就会结束。当然，他不认为有什么食品可以发挥和农药相同的效果，并不奢望它可以百分之百防治病虫害。只要在树叶和树枝表面营造出不利于致病细菌和害虫的环境，留下足以让苹果树开花结果的树叶就好。

木村寻找的不是杀菌剂或杀虫剂，而是一种忌避剂。

比方说，辣椒中的辣椒素对人类而言是做菜的香料，但它原本是植物为了避免昆虫啃食叶子和果实而产生的物质。许多植物在进化过程中，自然产生了这种物质。

另外，盐分或许有助于抑制细菌的活性。自古以来，人们就知道酒精和醋也具有杀菌作用。

应该可以找到一种有效的食品。每次尝试新食品时，他都这么想。

然而，任何食品都无法达到令人满意的效果。

他搜集大量枯草和鸡粪制作堆肥洒在果园里，每个月都把杂草割干净。全家人每天早出晚归，在果园里抓虫。此外，他还把大蒜磨成泥后兑水喷洒，或是稀释食用醋喷洒，每天都在苹果园内做各种实验。

他们每天比其他果农花更长的时间，在苹果园里悉心照料苹果。

然而，他的果园却比最偷懒的果农的果园还惨不忍睹。

几乎所有的树叶都因病变了色，所剩不多的几片绿叶和树枝上也爬满害虫，树下堆满落叶。

木村的果园成为果农的梦魇。

没过多久，我已经把厨房中所有的东西都试了一遍，最后甚至试过果园的泥土。苹果会得一种腐烂病，是一种寄生在树枝和树干上的真菌造成的。以前的人曾用泥土对付腐烂病，割去真菌寄生的部分，涂上泥巴固定治疗。应该是泥土中的土壤微生物可以抑制这种寄生菌，所以我想这种方法也许可行。不可能把泥土直接撒在树上，我就用果园的泥土和成泥水，放置一晚，让泥沉淀，再把上面的水用布过滤后喷洒在树上。

和其他东西相比，泥水可能最有效果，树叶的状况好像稍微改善了，但距离无农药栽培还差得远。而且无论怎么过滤，还是无法除去那些肉眼看不到的细沙，所以喷雾泵经常坏掉，不知道坏了多少个。那时我已经一贫如洗，只能去农机具废品站买坏掉的泵回来，一个大约一百日元吧，买回来修理一下再用。如果只是活塞出了问题，用细一点的砂纸细心磨一下就可以重新使用了。以前在湘南的改装车行磨过不少引擎的凸轮轴，这点小事难不倒我。有一阵子，我几乎每天晚上都在磨活塞。啊哈哈哈！真搞不懂自己是果农还是修理工。

春天是残酷的季节。

冰雪融化，阳光变暖，冬季被击垮的心中再次涌现出希望。

即使树木看起来与枯树无异，但一到初春，又长出新叶。

看到没有害虫和疾病的嫩绿树叶，就以为今年或许会改善。心想再努力一年看看。

就这样过了两三年。

时间越久，就越难放弃。因为一旦放弃，之前的辛苦就白费了。

“树叶的状态比去年好些，今年一定可以成功。”木村每年都这么说。

其实根本没有好转。

只是和前一年秋天的惨状相比，觉得新绿的叶子很有活力。

“我好像在给家人洗脑。”木村笑着说道。与其说他是给家人洗脑，不如说在给自己洗脑。

因为没使用农药，有些害虫是不可避免的，可是，那时果园的害虫已经不是“一些”了，很难想象到底从哪里冒出来这么多虫子。有趣的是，停止使用农药后，果园每年都有巨大的变化，但都是害虫数量增加、个头变大这些不受欢迎的情况。

尺蠖通常像火柴棒那么细，我果园里的尺蠖居然有我的小拇指那么粗，把它抓起来，还会咬我的手指。果园还曾经出现大量的蚰蜒，不是平时在厨房里看到的那种小的，而是足有十厘米长的。应该是来自山里，它们躲在背阴侧。早晨去果园时，树皮上留着蚰蜒爬过的白色痕迹，黏黏地闪着亮光。不知道它们到底吃什么，但实在太多了，我担心危害苹果树，就把它们抓掉。说不定它们在吃害虫的卵。可那时我根本没心思考虑这种事。

虽然不能说是潘多拉的盒子，但这种变化中隐藏着一线希望。在木村停止使用农药的第二年，叶螨消失了。

叶螨是一种专门吃果树叶的螨，通常都用杀螨剂消灭。叶螨有好几种，不同种类的叶螨要使用不同的药剂，它们的抗药性很强，连续使用相同的杀螨剂会导致失效。

即使用了杀螨剂，在果园里照顾一天苹果后回到家里，仍会发现帽子和衣服背后沾有一点一点好像小罂粟般的叶螨。可以说，叶螨是苹果果农无法摆脱的梦魇，很难彻底消灭。

不知为什么，叶螨从木村的果园里彻底消失了。

我一滴杀螨剂都没用，为什么会发生这种情况？于是我就想，既然叶螨消失了，也许不久后，卷叶蛾和尺蠖也会消失。我就是这么毫无根据地相信。其实，即使叶螨消失，也没有结出苹果。不过，这件事却成为我的一线希望。

穷得只剩下信念

那只是一线希望而已。

所有果园都停止使用农药已有三年了，迈入第四年后，苹果树仍然不开花。家里的存款见了底，岳父的邮局退休金也用光了。木村有三个女儿，最大的上小学四年级，加上岳父岳母，一家七口穷困潦倒。

除了变卖引以为傲的英国拖拉机，他连小轿车、运苹果的载重两吨的小货车都变卖了。税金一直欠缴，苹果树被贴上红纸[①]也不是一两次了，他每次都去拼命筹钱，好不容易才免于被拍卖。他向银行贷款，如果不够，就向地下钱庄借钱。他不仅

①在日本，若未及时缴纳税金，市政厅会寄发红纸通知，提醒缴纳。

向父母借钱，还向亲戚借过。

家里的电话早就不通了，连日常生活不可或缺的水电费也要筹钱才能缴。因为拿不出医保费，医保卡被没收了。孩子家长会的会费也付不起，更没办法买三个女儿的衣服和学习用品。袜子破了洞，就补一补继续穿。铅笔短到握不住时，妻子就用胶带把两支铅笔粘在一起继续用。一块橡皮要切成三小块分给孩子。

这并不是久远年代的事，而是在二十世纪八十年代初。

那时，傅高义的《日本第一：对美国的启示》成为畅销书，日本经济成为世界典范。苹果的价格居高不下，岩木町人的生活也富裕起来，送孩子去东京读大学和职业学校的也不在少数，听到孩子出国毕业旅行，也不会有人感到惊讶。

看到木村家过着仿佛二战结束初期的贫困生活，人们也许不是觉得悲惨，而是感到奇怪。

即使过着这样的生活，木村仍然不放弃不开花的苹果树，这是有原因的。

他在水田种水稻，在苹果园的空地种蔬菜，都是完全无农药栽培。小黄瓜、西红柿、马铃薯、青椒、茄子、南瓜、甜瓜、萝卜……这些农作物都可以不使用农药。比方说稻子不使用农药和肥料，一反田的收成差不多有九袋多。一般的水田使用了农药和肥料，每反田的收成也只是十袋左右，两者几乎不相上下。

其他农作物的无农药栽培并不太难，只有苹果例外。

> 话虽这么说，我第一年种无农药稻子的时候，一反田只收成了四袋，当时我就想，这样下去会完蛋。不用农药种出来的米的确很棒，口感也很好，但收成这么差，根本无法生活。日子都过不下去，无农药栽培只能是自私的梦想。种不出无农药苹果，也种不出无农药稻子，别人只会认为我是傻瓜。于是，我开始做实验。稻子的栽培和苹果一样，一年只能试一次。但我想到一个好办法。不是有那种装清酒的敞口杯瓶吗？我去小酒馆要来很多空瓶，将近两百个，里面装入水田的泥土，分别比较怎样耕土、怎样翻土、怎样的生长条件利于长出最好的稻子。

但这个实验用的不是稻子，而是同属禾本科的稗子。杂草的生长速度比稻子快很多，在玻璃杯瓶中栽培稗子，一年可以做多次实验。

在不同的生长条件下，两百个杯瓶中的稗子的生长情况出现了极大的差异。通常认为经过充分翻动的糊状的泥土最理想，但木村在实验后发现，耕作方式完全相反的稗子发育最佳。

简单耕一下土，使土块仍然残留，再随意翻两三次，这样种出的稗子最理想。这和他以前深信不疑的耕作方式完全相反。只做一次实验，很可能是偶然，他连续实验了三次，但无论试多少次，结果都一样。

第二年，木村改变耕田方式，采取一般人难以想象的粗耕方法。

那时邻居都笑我乱来，虽然耕了田，但田里还有很多大土块。我把水引进田里翻土时，也按照实验，只稍微翻动表面。没想到插秧后，稻子的长势十分惊人。

刚插完秧不久，和其他人的农田相比，稻子的生长速度的确比较慢。但七月中旬后，稻子忽然长势猛增，拔起来一看，发现根部很扎实，根的数量和根部抓力都比用一般方式耕种的稻子更理想，看来粗耕方式很适合植物根部生长。插秧后，稻苗努力扎根，地上部分没怎么长，但当根部充分成长后，叶和穗就会生长得更快。那时还没有联合收割机，只能用单排割稻机收割，一束稻子的量很多，手根本握不住。一反田差不多有七袋米，和前一年相比，增加了将近一倍。第三年用相同的方法，收获了九点二袋米。

用杯瓶做实验时，木村还有个新发现。播下稗子种一个星期左右，快要冒芽时，他用一次性筷子随意戳了戳泥土，结果那个杯瓶的稗子没有发芽。他认定是一次性筷子破坏了稗子的芽。

于是，木村想到一种独特的除草方法。插完秧一星期左右，当秧苗准备抽芽时，他拖着轮胎链在田里走来走去。每隔一星期走上三四次，之后水田中几乎没有杂草了。以往不喷洒除草剂，除草绝对是一项繁重的工作，这也是有志进行无农药栽培的农民面临的一大障碍。然而，木村只是拉着铁链在田里走来走去，简简单单的作业就克服了这个大难题。连上了年纪的农民也可以用这种方法轻松取代除草剂。

大家都以为无农药栽培很费功夫，需要高超的农业技术。然而实际操作后，发现并不是这么一回事。从传统农业转型到无农药栽培农业，的确会面临很多问题，但只要静下心观察，一定可以找到解决的方法。

不仅如此，木村还在苹果园内种植了西洋梨和李子。所有果树都不喷洒农药，但西洋梨和李子的病虫害问题却不像苹果树这么严重，每年都结出美味的果实。

既然其他农作物可以如此简单地种植，不可能只有苹果树做不到。虽然目前深受病虫害的危害，但有朝一日一定可以找到无农药栽培苹果的方法。

不知不觉中，这已经成为木村的信念。

从某个角度来说，这个信念也是木村最大的障碍。

成为过街老鼠

四年的时间过去了，进入第五年，苹果园的状态仍在恶化。

五年来，木村夫妇和岳父母每天从早到晚在不长苹果的苹果园内工作，在周围的人眼中，这只能说是疯狂的行为。

木村为人开朗，有很多朋友。这些朋友一开始也很担心木村，大家都是果农，一眼就能看出木村的果园异乎寻常。无论怎么看，木村都走错方向了。

“你应该已经知道不用农药不行了，快点清醒吧。”

“你也该为老婆和孩子想一想。”

正因为大家当他是朋友，才用这么严厉的口吻忠告他。

无论谁怎么苦口婆心地劝木村，他始终不愿低头。说好听点，就是他有强烈的信念。但他已经努力多年没有任何结果，只是一味抱着信念不放，让全家人陷入贫穷的深渊。在别人看来，他只是在赌气。朋友们发自内心地提出忠告，却发现木村仍然充耳不闻，个个火冒三丈，都不想再搭理他。原本只想提出忠告，没想到起了争执，最后变成激烈的口角。朋友一个个离他而去，最后，附近的果农都不理他了。

在路上遇到朋友，即使木村欠身打招呼，对方也假装没看见。

这不光是对方的原因。那时的木村一定整天愁眉不展，总是低着头，眉头深锁，一脸痛苦的表情。在路上遇到这种人，当然不愿意和他打招呼。

也差不多是那个时候，木村被人用津轻方言取了个最糟糕的绰号“灭灶”。

理由姑且不论，他的确是自作自受。应该保护家人的一家之主竟然让全家陷入贫穷，这是不争的事实，木村无言反驳。

“那家伙脑袋坏掉了。”

“笨蛋会传染，离他远点。”

木村知道别人在背后这么议论他，所以自然而然地和人保持距离。为了避免在路上遇到人，他天还没亮就去果园，太阳下山看不到人影才回家。

从木村家走到果园要将近两个小时，汽车和拖拉机都已经变卖，家里只剩下从废品站买来的一千日元的小绵羊摩托车和两千日元的拖拉机。报废的摩托车和拖拉机经他修理后继续使用。他让妻子和年迈的双亲用这两辆老爷车，自己则每天花四个小时摸黑往返于家和苹果园之间。

这样比看别人冷漠的视线轻松多了。如果能去一个无人岛专心栽培苹果，不知道会有多轻松。和别人的目光相比，病虫害的烦恼根本不足挂齿。

农村的生活圈子很小，木村让一家人陷入困顿的事，左邻右舍无人不知。虽然还不至于到“村八分”[①]的程度，但木村家当时受到的待遇其实与之相差无几。不仅左邻右舍，连亲戚也不再邀他们参加婚丧嫁娶。

站在其他果农的角度思考，这也情有可原。一般果农将因故放弃的果园称为“弃置园”，说某处是弃置园时，总是窃窃私语，言语中充满了对做这种缺德事的人的责难。弃之不顾的果园很可能成为病虫害滋生的温床，因此不照料苹果树的人很缺德。

青森县政府有相关规定，疏于对抗病虫害的果农将被罚款。木村的果园五年没有喷洒农药，情况比弃置园更糟糕，但没人能说木村违反了县政府的规定，因为他们一家人从早到晚都在果园里抓虫。明知道没有效，还是频繁地把烧酒或醋喷洒在苹

①日本传统中对于村落中破坏成规和秩序者进行消极制裁行为的俗称，即除了协助埋葬与灭火之外，在成人礼、结婚、生产、照顾病人、房屋改建、水灾救助、祭拜法事、旅行这八件事上，完全不进行交流和协助。

果树上，每月割一次草，果园里没有杂草。

木村没有疏于对抗病虫害，只是他的方法并未奏效。这正是最大的问题。他没有违反规定，其他人便无法按照法规对他加以约束，所以更难对付。

无论怎么使用农药，栽培苹果的过程中都无法摆脱病虫害的威胁。目前的农药技术已经很发达，果农也按时喷洒，但还是很担心病虫害的发生。农药普及后，为了根除病虫害，相关单位几乎每年都呼吁整个地区集体防治。木村的所作所为和果农们的努力背道而驰。

这也是无农药栽培果树的难题之一：不使用农药，会和周围其他果农产生纠纷。

对木村来说，无农药栽培苹果是梦想；但对其他果农来说，这只是异想天开。果农们觉得木村沉迷于自私的幻想，不仅让自己的果园变成病虫害的巢穴，还使周围的果园也处于危险的境地。果园遭到弃置，通常都是因为照顾果园的人病倒或经营失败等不得已的原因，而木村却明知故犯，他是个根本不值得同情的危险人物。左邻右舍在背后议论还算客气，即便有人痛恨木村也不值得大惊小怪。

这是普通人的正常反应，就连木村自己也开始动摇了。在别人面前还勉强撑着，独自一人时，他经常扪心自问，不，不只是扪心自问这么简单。

全家人的梦想

妻子美千子经常发现木村半夜三更起床，梦游似的走出玄关，走进院子里的储藏室。空荡荡的储藏室内，只有装苹果的木箱整齐地摞在一旁。这些箱子已经几年没派上用场了。美千子悄悄跟过去，发现丈夫闭着眼睛，一动不动地坐在箱子上。

木村经常这样一坐就坐到天亮。美千子不知道丈夫在做什么，但能深深地体会到他的痛苦。

她并不打算劝丈夫放弃这件已经投入多年心血的事。她知道丈夫一旦决定了，无论任何人说什么，都不可能放弃。只要他不放弃，自己只能默默追随。

家中失去了往日的和乐。木村的神经总是绷得紧紧的，和家人在一起时魂不守舍，总是在想别的事，吃饭的时候也不发一语。每次开口都是斥责别人。谁也不知道到底是什么惹恼了他，只能小心翼翼，避免刺激他，连年幼的女儿也不敢向父亲撒娇。

全家人都对木村察言观色。

小客车变卖之前，木村有一次心血来潮带全家出游。几个女儿却丝毫没有喜色，因为她们知道和随时都可能大发雷霆的父亲出游会有什么结果。

中午时分，木村把车子停在观光地的一家荞麦面店前。他把菜单递给女儿，叫她们点喜欢的东西。从来没在外面吃过饭的女儿不知所措，最后，长女终于找到了熟悉的食物，向店员点餐。

“我要一份咖喱饭。”

这句话让木村怒不可遏。

“哪有人在荞麦面店点这种东西？”

女儿顿时愣住了，不知道父亲为什么骂她。也许木村觉得难得来荞麦面店，希望女儿点好吃的荞麦面。有这种想法，就应该向孩子们说清楚。不分青红皂白地骂一顿，孩子们只会感到莫名其妙，还会受伤害。但当时，木村满脑子都是苹果的事，无法顾及这些细节。

那天吃完午餐就回家了，所有人都闷闷不乐。美千子想不起回程的情况，应该是所有人都闷不吭声地干坐了一路。

即使这样，她也从来没有恨过丈夫，也不曾感到不满。因为她知道，木村是为家人着想才这么心神不宁。

如果他一个人面对苹果树，应该不会情绪这样低落。因为他无欲无求得几乎让人难以置信，即使没有东西吃、没有衣服穿，他也不会不满，不会心烦。无论多么穷困，他都会欢天喜地追求梦想。

木村焦急，是因为家人。

虽然他从未说过“对不起，让大家受苦了”，但比任何人都痛苦。不能为女儿买新衣服，甚至无法为她们买必需的学习用品，无法让女儿像其他人一样幸福生活，正是他整天郁郁寡欢的原因。

所以他整天愁眉苦脸，家里的气氛十分低落，孩子们也都畏首畏尾。

其实，家里一贫如洗，小孩子并不会感到太大的痛苦。比起在学校里遇到的各种不愉快，父亲的郁郁寡欢对她们的心灵产生的影响更大，更令她们心寒。没有钱也没关系，只要全家人快快乐乐，孩子就会感觉幸福。家里每个人都这么想，只有木村没有察觉到。

木村对家人的愧疚，反而令家人更加痛苦。

这是很悲哀的窘境，却让人无可奈何。

唯一值得庆幸的是，生活再苦，家庭也没有因此产生分裂。

有一天，木村在苹果园里难得说了丧气话：

“是不是该放弃了？”

美千子知道，他不是真的这么想，于是告诉了女儿，让她们知道父亲也很痛苦。没想到长女的反应出乎她的意料。

向来文静的女儿怒气冲冲地说：

“我不同意！不然我们过这种穷日子到底是为什么？！”

父亲的梦想不知不觉已经变成了女儿的梦想。

美千子没有告诉丈夫这件事。因为女儿的理解可以带给丈夫动力的阶段早已过去，如今对丈夫来说，女儿的体谅只会给他带来压力。

木村已经走投无路了。

培育无农药苹果是高尚的梦想。以成败来论，显然是失败了。苹果树已经多年没有开花，有几株也开始枯萎，总有一天所有的苹果树都会枯掉。

木村无力阻止情况继续恶化。起初，他接二连三地尝试各种新方法，但最近似乎已无计可施，几乎不再尝试。他每天去果园抓虫，喷洒泥水和醋水，苹果树却越来越衰弱。干脆放弃，不知道会有多轻松。

如果做得到，他就不至于这么痛苦了。

丈夫不见棺材不落泪，不会轻言放弃。妻子美千子清楚地了解这一点。

到底该何去何从？她不愿多想，却有一种不祥的预感。无论预感多么可怕，如果非走到那一步不可，多想也是徒劳。

自己能做的，就是默默追随丈夫。当丈夫三更半夜下床出去时，她悄悄地跟在身后守护他。丈夫每天晚上坐在苹果箱上痛苦不已，她甚至不愿告诉丈夫自己看到了这一切。

陷入绝望深渊

木村怀疑自己的脑袋出了问题。

大脑简直像分成了两半，里面有另一个自己在大声嘶吼："趁早放弃吧！"晚上睡觉时，他常常被这个声音惊醒。回过神时，发现自己已经下了床，坐在储藏室的苹果箱上。

他默然旁观分成两半的心相互争吵。

一个说，一定可以成功；另一个说，绝对做不到。

哪一个是天使？哪一个是恶魔？

他找不到答案，执着地继续无农药栽培之路。这已经不是哪一方正确哪一方错误的问题。自己是不是太固执了？这一切会不会只是自己的自私任性？

越执着于无农药栽培，生活越困苦，也越惹人非议。为了偿还债务，他不得不放弃收成可以达到九袋米的水田。粮食无法自给自足后，生活更加困苦。他在苹果园内种旱稻，收获却微乎其微，家人甚至无法吃饱肚子。

如今，只能把苹果园内种的蔬菜拿到市场去卖，用所获无几的收入去买米。农村米店的米都以五公斤为单位出售，美千子只能紧握着一千日元去镇上，只有那里的自动售货机才以一公斤为单位售卖。

一家七口要吃饭，一公斤米很快会吃完，只能煮米粥喝。

为了让正在长身体的孩子多吃一点，木村和美千子连粥也很少吃，靠多喝几碗味噌汤充饥。苹果园内种的蔬菜，卖相好的都拿去市场出售，自家汤里只能放一些卖不出去的。菜不够，只好放些野草。大部分野草都因为太硬无法下肚，但也有一些氽烫后可以食用。

冬天无法务农时，我去东京打工。以前上班的川崎公司旁有个公园，每天都有人在那里招募临时工，我去那里打过一阵子工。没钱租房子，只能睡在公园里。我不想被以前的同事看到，总是用毛巾遮住脸。一到早晨，招募工人的货车就会出现，大家坐着货车去码头搬货。我把领到的钱放进皮夹枕在头下，结果早上醒来时发现钱不见了。后来我在裤子上缝了一个口袋，把钱放在里面。裤子穿了一两个月都没换，也没洗澡，头发没剪，胡子没刮，春天回到青森时，整个人臭不可闻。我还去水坝工地打过工，也在神田捡过硬纸板。和我一起打工的人会翻垃圾找东西吃，我虽然不像他们，但外出打工的生活其实和流浪汉差不多。那时是泡沫经济高峰时期，却和我没有关系。即使我拼命工作，也赚不到多少钱。

岳父去山上采集虎杖的茎贴补家用。

垂钓用的虎杖虫有时在虎杖茎内筑巢，幼虫可以卖给渔具店。虽然赚不了多少钱，岳父还是做了这份工作。亲戚们在他面前数落木村："把这种女婿赶出去。"他当挡箭牌为木村辩护。即使看到女儿和外孙女在吃苦，他也从来没有叫木村放弃。

黎明时分，木村出门去果园，有时发现门口放着大米和味噌。应该是母亲趁着夜色悄悄送来的。

木村和老家几乎没有来往了。即使回去，家人也锁上门假装不在。当他停止使用农药时，父母的反对之声最强烈。看到入赘的儿子把木村家的生活搞得一团糟，母亲哭着说，实在太对不起木村家了。父亲每次看到他就劝说，但木村充耳不闻。父母只能和这样的儿子断绝关系来表现诚意，但身为父母，还是很担心儿子，只有偷偷送米上门。

想到年迈的母亲趁着夜色拎着袋子、步履蹒跚的身影，他就感到心痛。

自己到底在干什么？自己到底在坚持什么？

回想起来，一开始就没有丝毫把握，只有不确定的预感——即使不用农药，也一定可以种出苹果。

五年前开始做这一切时，预感如夜空中的明星般闪耀，如今却像从暴风雨之夜的乌云缝隙中探出头的小星星般暗淡无光。不，也许以为看到了星星，其实只是错觉。

想到可能因为这个错觉，不仅让自己，还让妻女吃了这么多苦，木村就坐立难安。

一家七口宛如坐在一叶小舟上，在太平洋正中央行驶。虽然船上的每个人都相信自己，但自己已不知道该何去何从了，根本看不到陆地的影子。

能想到的点子都试过了，却没有令人满意的结果，现在已经无计可施了。这就是所谓的山穷水尽。

木村脚底发麻，心头涌起一股焦虑。他觉得应该做点什么，却不知道该如何做。

不，无论做什么都是徒劳。他很清楚无论坐在苹果箱上想多久，也不可能找到出路。答案已经十分明确——栽培无农药苹果失败了。

栽培无农药苹果是不可能的事。苹果树渐渐枯萎就是最好的证明。必须赶快使用农药。

理性这么告诉他，但内心却顽固地拒绝接受。

前方没有一线希望，他仿佛孤立无援地站在黑暗中，周围是绝望的高墙。

五年的岁月让他走进了看不到出路的死胡同。不用别人说，木村比任何人都清楚，赶快放弃、开始使用农药是唯一的出路。然而，他无论如何都不想选择那个出口。

如今，失去了所有的梦想和希望，为什么自己仍然无法放弃？为什么做不到？

他坐在苹果箱上苦思到天色发白，仍然想不出答案。

在临济宗的禅僧眼中，思考没有答案的问题，努力找出答案，是驱除杂念、练习心智的重要修行，他们称之为“公案”。

苹果就是木村的公案。

木村已经在苹果树前坐禅多年。

即使因此开悟，如果树上没有结出苹果，对木村来说也没有任何意义。从这个角度来看，木村的修行比禅僧更严苛。

不久，他出现了幻觉。

照料苹果树时，需要站在三脚梯椅上。当他站在上面抓害虫时，也忍不住陷入沉思。低头往下一看，觉得地面格外遥远。仿佛自己正在断崖峭壁上，地面不知道什么时候裂开了一条大缝。他知道那是幻觉，但目光仍然无法从裂缝上移开。

那是大地深处的裂缝，仿佛可以直达地核。他似乎看到自己掉入了这道裂缝的深渊。

他没有感到害怕，觉得这和潜入海底看日本海沟的感觉差不多。他回过神，环顾四周，灿烂的阳光下，是一片被病虫害侵蚀的苹果园。

现实的景象更令人绝望。

跟苹果树说话的人

一九八五年的春天过去，夏天即将到来，这是四座苹果园都开始无农药栽培的第六年。木村仍然天不亮就开始工作，一直干到天黑。

每当妻子他们来到果园时，木村都在做相同的工作——把塑料袋挂在手腕上，默默地抓虫，或是喷洒醋水。

那时候，几乎只能喷洒醋水了。

木村尝试过各种食品后发现，醋似乎有一丁点效果。苹果的果实和叶子容易染上黑星病，这是由一种霉菌引起的。他把醋喷在几片沾到霉菌、好像长了黑色绒毛的叶子上，然后拿出生活还没有这么拮据时为孩子买学习杂志附赠的显微镜观察，发现喷了醋，霉菌就不再生长。

实际喷洒的效果却不尽如人意。醋的浓度太高，树叶会受伤变色。只能降低浓度，用水稀释三百到五百倍后喷洒，可浓度太低，又无法发挥效果。而且最可怕的斑点落叶病依然肆虐，根本不知道到底有没有效果。喷洒醋水也只是自我安慰而已。

家里没钱买醋后，就改用柠檬酸。只要去生产葡萄汁的工厂，就可以要到免费的柠檬酸。

醋的效果不理想，好不容易要来柠檬酸，用水溶解后喷洒，苹果树还是越来越衰弱。与其说是自我安慰，还不如说他无法忍受越来越接近真相的无奈。

全家人齐心协力抓虫、喷醋的行为，一般人还可以理解。纵使没有效果，他们仍然努力保护苹果树。然而，家人傍晚回家后，木村独自留在果园的行为却十分诡异。

有一次，妻子回果园拿东西时，看到了木村的身影。

他正在苹果树旁说话。

暮色中，果园里没有别人，只有木村一个人。

然而，他在说话。由于距离太远，妻子听不清他在说什么。木村的声音随风飘来，似乎在道歉，又似乎在恳求。

过了一会儿，木村把手放在树干上，好像在打招呼，然后又走向旁边的树，开始娓娓诉说。他一边说话，一边仰望高高的树枝，轻轻地抚摸着被害虫啃咬过的树叶。

木村似乎在对苹果树说话。他对果园里的每一棵苹果树说话，就像在和人说话一样。

丈夫终于疯了吗？即使这样想也很正常，然而木村的神态实在太自然了，美千子无论如何也无法这么认为。她甚至觉得，出现一个会和苹果树说话的果农也合情合理。

她唯一在意的是木村到底和苹果树说了些什么。她很想走过去听个分明，但最后还是忍住了。

她觉得一旦这么做，可能会破坏某种很重要的东西。

当时，我去求每一棵苹果树。它们日渐衰弱，恐怕连根都完蛋了，只要稍微推一下树干，树就开始摇晃。当时我想，这样下去，树很快会枯掉。于是我走到每棵苹果树前低头拜托，对苹果树说："对不起，让你们受苦了。你们不用开花，也不用结果，只求求你们不要枯死。"我已经不知道自己该做什么，也没办法告诉家人这些事，只能像以前一样去果园工作。那时候真的是一筹莫展，只能求苹果树。其他果农看到我这副模样，一定觉得我疯了。不过现在回想起来，那时候的我最纯真。

置之死地

如今，木村在果园里，仍然会对苹果树说话。接受采访时，他也经常说“不是我努力，是苹果树很努力”。他不像是谦虚，更像在激励身后的苹果树。

“你们真努力。”

“好厉害，好厉害。”

虽然木村经常说些古怪的话，但看到他眉开眼笑地对着苹果树说话的样子，会觉得他也许真的可以和苹果树心灵相通。

这时才发现，没有风，树枝却摇晃着，树叶发出沙沙的声音。

暗想“惨了，惨了”，忍不住移开目光。当然，这是心理作用。

只有一件事十分确定——木村在很认真地对苹果树说话。

当他领悟到自己已无能为力，便以真心面对苹果树。

他发自内心地感谢苹果树，对它们说话，并不在意它们有没有在听。苹果树不是生产苹果的机器，而是活生生的生命。但并非每个人都能发自内心地明白。他比任何人更清楚这一点，所以才会对苹果树说话。木村以众生平等的视角对待苹果树。

这不是说漂亮话，而是经历无数次失败、无尽的徒劳后终于得到的体会。

他环视这片荒芜的果园，不禁愕然。他清楚地看到自己自信满怀时没有看到的东西：果园里八百棵苹果树奄奄一息，正在走向死亡！

自己竟然把这些苹果树害得这么惨！如今只能低头向苹果树道歉，恳求它们：不开花结果没有关系，但千万不能枯萎、千万不能死。

木村不是用经验和知识，而是用他怦然跳动的心面对苹果。

木村说，那一刻的他最纯真。

那天之后，他似乎听到了苹果的声音，听到了每一片树叶、每一根树枝发出的声音。

初夏，听到绿油油的树叶抒发生命的喜悦；秋天，听到沉甸甸的果实吐露收获的谢意。木村对苹果树说话，回应这些声音，他至今仍然用这种方式和苹果对话。

木村的辛苦，也许是他的心终于能真正面对苹果之前必须经历的过程。

木村说“当一个傻瓜就好”，就是指这件事。

经验和知识是人类不可或缺的。无论做什么事，都需要不断累积经验和知识，否则就会成为别人眼中的傻瓜。然而，挑战全新事物时，经验和知识却往往成为最大的障碍。

木村每次失败，就舍弃一个常识，经历一百次一千次失败后，他终于明白自己正在挑战一个经验和知识完全不起作用的世界。于是，他终于能以一颗纯洁的心正视苹果树。

从这层意义上说，他达到的心境是一个里程碑。

然而，这不会带来任何改变。

即使和苹果树说话，也不可能发生奇迹。因为他生活在现实的世界。

身为靠种植作物为生的农民，木村深刻地了解这一点。大自然有自己的规律，人类的祈祷和意念无法改变这种规律。

他必须在现实中有所作为。

发现知识和经验无用武之地，明白了苹果树也是活生生的生命，他终于看清了苹果树，看到了无能为力的自己和衰弱濒死的苹果树。

不能停下脚步，必须踏出下一步，不管是走向哪个方向。于是，木村向着可怕的方向踏出了那一步。

发现自己的渺小无力后……或许这个结论很顺理成章。

令人惊讶的是，这和某个神话如出一辙，就是死亡与重生的神话。

木村和苹果树一样，已经奄奄一息。

或许和神话一样，这也是他必须经历的过程。

死亡才能让我放弃梦想

一九八五年盛夏，七月三十一日，暮色笼罩着岩木山山麓的一大片苹果园。每座果园内都空无一人。

夏天这个季节，应做的工作是摘除被虫咬过的苹果和喷洒农药。拜喷洒器所赐，喷洒农药不需要花费太多时间。这是从大正时代就开始使用的农具，经过不断改良，性能有了飞跃，变得如同风靡一时的赛车般灵活。在凉爽的早晨，花两三个小时就可以喷洒完农药，根本不需要在果园里留到日落西山。

果园里，杂草割得像草坪般整齐，每一棵被精心呵护的苹果树都枝叶茂盛，泛青的苹果累累挂在枝头，压弯了树枝。今年必定又是一个丰收年。

只有一个地方惨不忍睹。不用说，那当然是木村的果园。

木村正坐在一片荒芜、任何果农都不忍心多看一眼的果园正中央。

坐在东麓这一带，透过苹果树可以看到岩木山。若是在其他果园，茂密的树叶或许会挡住视野，但在这片果园，隔着细瘦的树枝看到的山顶被染红的岩木山，显得格外雄伟。

木村并没有看这壮丽的风景。他一直盯着地面。

不，其实他也没有真的看地面。

被炎炎夏日晒黑的脸上有不少深沟般的皱纹。他三十五岁左右，正值盛年，却因为忍耐着极度的痛苦，脸看起来如老人般沧桑。他的目光没有焦点，甚至不知道自己该看什么。

他体会到自己的无能为力，无论再怎么真心地向苹果树道歉、求它们不要枯萎，果园仍然一片荒芜。

不光这座果园，四座果园中的八百棵苹果树都极度衰弱，渐渐枯萎。

再想不出对策，眼前苟延残喘的苹果树将在不久后因为病虫害而枯萎。所有的一切都将画上句点。

眼下该做什么，已经有了答案——必须立刻放弃挑战，采取和别人一样的栽培方法。

但是……

想到这里，他的思考戛然而止，仿佛被粗大的锁链锁住了。同样的问题，他想了几百次、几千次。

他已无力自行停止这项挑战。这个梦想扎根在他的内心深处，深度远远超乎想象。他被这个梦想困住了。

为什么会走到这一步？

这起初只是个不经意的念头。

远处有座高山，自己可以走到那山顶吗？因为这样一个念头便开始登山。

当初他想，如果体力不支，中途折返就好。

现在他发现不是体力的问题，越往上爬，山顶越遥远。

他爬了六年，终于明白这座山实在太高了。

然而，当他不顾一切地往上爬时，这已经成了他生命的意义。他甚至觉得自己来到这个世界，就是为了攀登这座山。

栽培无农药苹果，就是自己的使命。

他咬紧牙关全心投入时，如同被雷击般清楚地意识到，如果自己宣告放弃，以后绝对不会再有人挑战这个难题。一旦自己放弃，就代表人类放弃了这件事。

不知不觉中，木村只为了实现这个理想而活。

梦想和木村之间画上了等号。

然而，这个梦想破灭了。他已经无能为力。

夕阳西沉，星星开始在天空眨眼。低头看着地面的木村终于回过神，环顾四周，目光落在果园入口代替储藏室的废弃车上。车厢内有一捆绳子，那是把苹果箱绑在小货车上用的。

他拉出绳子，对着夕晖端详着。绳子已经好几年没有用了，又旧又破，而且不够粗。他利落地把三根绳子编成一根。

平时，他的思考总是在原地打转，今天终于前进了一步。

终于有了明确的答案。仔细回想，其实几个星期前就看到这个答案了。

接下来，就要付诸行动。

木村检查完编好的粗绳，沿着果园往山上走去。

岩木山的黑影耸立在眼前。

如果有人看到，一定以为是虔诚的村民在不合时宜的季节上山参拜。津轻地区的农民为了祈祷五谷丰登，会在农历八月初一深夜爬上岩木山，迎接翌日清晨的太阳，这是自古以来的习俗。

木村老人般愁苦的脸，恢复了三十多岁男人应有的轻松。

他打算找一个不会被人发现的地方默默死去。

一切都因自己而起。只要自己离开，这一切就可以结束。

为什么以前都没有发现这么简单的道理?

自己没有完成活在这个世界上的使命，继续苟活也没有意义。

没有懊恼，没有不甘，也没有对死亡的恐惧。只有放下多年重担的解脱感。

能做的都做了。他已经束手无策。

苟活下去，只会给家人添麻烦。只要自己消失，大家一定可以过得比现在更幸福。虽然这种想法太不负责任，但他无论如何都认为选择死亡不是坏事。

不知道走了多久，他注意到脚下有影子，回头一看，一轮圆月爬上了东方的天空。

好美的满月。好久没见过这么圆的月亮了。

眼前是弘前的夜景。美丽的夜晚。

月光、街灯、夏日的夜空、昏暗的山路、耳畔的虫鸣，一切是多么美好。

世界远比自己想象的要美。

讽刺的是，在即将离开这个世界之际才发现这一点，但他无心改变主意。

正因为舍弃了重担，才能清楚地看到这个世界的美丽。

就在欣赏美景的同时，走向应有的归宿吧。

他握紧绳子，一步一步前行。

不小心踩断一根小树枝，树林里的鸟儿受到惊吓，扑棱着翅膀飞走了。

那只鸟儿应该看到了明亮的月光下，木村走在山路上的身影，也会看到他的身影即将消失在昏暗的树林中……

弘前的夜景实在太漂亮了，我不禁想，弘前为什么这么漂亮！那天刚好是七月三十一日，是睡魔祭[①]的前一晚。我打算死，当然不可能高兴，但一旦决定去死，痛苦的事就完全忘记了，生活的辛苦、世人的指责统统抛在脑后，忘了曾让家人受苦，也忘了别人说我那个、说我这个。那些让我极度痛苦的事彻彻底底地消失了。虽然我现在说得轻松，其实当时内心还是很挣扎。不管说什么，我寻死都是为了逃避。说得好听点，就是只有死才能让我放弃梦想，如果有人说我卑鄙，我也无话可说。在家人和周遭人的眼中，我真的是一个自私的人。

但说实话，那时候我的心情顿时变得轻松，完全没有遗憾。感觉就像连续几天没有洗澡，终于可以好好泡个澡一样。我神清气爽地爬上岩木山。我不担心遇到熊，以前山上经常有熊出没，现在已经很少了。但不时有鸟儿因受到惊吓弄断树枝，树枝在树林里掉落的回声特别大。明知是鸟儿，每次还是吓得心脏快从喉咙口跳出来。真的很可怕。不过，我还是爬到很高的地方。途中遇到溪流，我也蹚了过去。好像爬了两个小时，我觉得差不多了，就开始四处张望，刚好找到一棵适合的树。好，就这里吧。我把

①日本东北地区四大祭典之一，每年 8 月 2 日至 7 日前后举行。

绳子往上一抛。

绳子从他的指尖滑过，却飞向别的方向。

没想到死到临头还会出这种事，自己真的没救了。木村准备走下山去捡绳子时，看到了一件异样的东西。

月光下，有一棵苹果树。

月光下的答案

那棵苹果树闪闪发亮，好像一棵魔法树。

为什么深山里会出现苹果树？

他觉得眼前的一切如梦似幻。

再定睛细看，幻影仍然没有消失。可以清楚地看到一片又一片的树叶在满月的银辉中闪闪发亮。

美丽的苹果树尽情地伸展树枝，每一枝上都长着密密的树叶，令人情不自禁看出了神。

他下意识地以为有人在这里喷洒了农药。

既然是苹果树，如果没有喷洒农药，怎么可能有这么健康的树叶？

想到这里，木村觉得好像五雷轰顶。

不可能——

那棵树当然没有喷洒过一滴农药。

他忘记原本要去捡的绳子，跑向那棵树。

深山里当然没有苹果树。木村跑过去时，也发现那不是苹果树。但他仍然无法克制内心的激动。

那是橡树。

战争时期，陆军为了饲养军马开辟山中的土地，橡树的果实可能掉落在了林中。听说以前这里是军马的草场，山中平坦的地方长了好几棵橡树，结了很多果实，远看很像苹果园。

对那一刻的木村来说，苹果树和橡树都一样。

为什么没有喷洒农药，这棵树的树叶却这么茂密？

他从口袋里翻出火柴点着，拉过树叶来，在火光下观察。不出所料，树叶上没有害虫。虽然有几片被虫咬了，也有些因为生病变了色，但大部分树叶都很健康。

六年来不断寻找的答案就在眼前。

不光是眼前这棵橡树。树林里的树都不需要农药。

为什么以前都不曾质疑？为什么没有觉得大自然中的植物不需要农药也可以茁壮成长很奇怪？

山上不可能没有虫，刚才的虫鸣就很聒噪，也可以感受到周围小动物的动静。就像那天的大蚯蚓一样，果园里的虫子大多来自山上和林中，致病的病菌应该也一样。

为什么虫子和疾病没有侵害这棵橡树？

木村一靠近，立刻领悟到个中原因。

这棵橡树和山下果园的苹果树，同样呼吸着岩木山的空气，沐浴着相同的阳光，生长条件几乎没什么不同。

然而，两者之间有一个决定性的差异：这里杂草丛生、地面松软，一脚踩下，脚几乎陷进去。两者生长的泥土完全不同。

木村闻着阵阵青草味，专心致志地挖着脚下的泥土。泥土又松又软，用手就可以挖起来。沾着泥土的草根也一并拔起。他第一次看到这么松软的泥土。

山里的泥土有一股刺鼻的味道。

就是它！只要培育出这种泥土……

与其说是直觉，木村觉得更像有人在他脑海中轻声细语。

他情不自禁地把泥土放进嘴里。独特的味道在口中扩散，那是一种带有刺激性的异味，他却觉得妙不可言。

在此之前，他只看到苹果树肉眼可见的部分，只考虑地面上的问题，完全忽视了地下肉眼看不到的部分。在提供养分方面，除了施堆肥、割除杂草，什么事都没有做，一味在意树叶的状态，完全忘了苹果树的根。

橡树在这片杂草中茁壮成长。不，搞不好正是因为有这些杂草，橡树才会这么健康。

这片柔软的土地绝对不是人为的，而是栖息在这片土地上所有生物合作的结晶。昆虫和微生物将多年累积的落叶和枯草分解后形成了土壤，树和杂草的种子在这里落地生根，在泥土中深耕。无论杂草还是树，表面都存在着无数霉菌和细菌，有好也有坏。

在大自然中，没有任何生命体是孤立的。各种生命体关系密切，相互支援。自己明明知道，却为了保护苹果树，忘了这最重要的道理。

自己一味寻找可以代替农药的物质、施堆肥、割杂草……试图将苹果树与周围的大自然隔离，没有思考苹果树作为一个生命体到底是怎么一回事。虽然没有使用农药，却和使用农药没什么两样。

原本一直以为是病虫害导致苹果树衰弱，只要排除这两个因素，苹果树就可以恢复健康。

事实上并不是这么回事。害虫和疾病只是结果。

苹果树衰弱，才会招致大量害虫和疾病的侵袭。

橡树也同样遭到病虫害的攻击，却仍然这么健康，这意味着即使不使用农药，植物也具有自我保护的能力，这才是真正的大自然。苹果树失去了天性中的坚强，才深受病虫害之苦。

应该为苹果树找回这种大自然的环境。

他一直挖、一直挖，发现山上的泥土很柔软，而且有一点温暖。虽然肉眼无法看到，却可以感受到小生命的存在。

只要在果园中培育这里的泥土，苹果树的根一定会变强壮，和橡树一样健康。

这不是一时的念头，而是内心深处深信不疑的信念。

答案终于找到了！

他再度挖起泥土，嗅闻泥土的味道，含在嘴里感受，仿佛要再度核实自己找到的答案。然后，他拔起草，用颤抖的手指感受根部的柔软。

悬在空中的皎洁明月，照着浑身泥土、专心致志的木村。

答案就是泥土！

就是它，就是它，这就是答案。我乐得几乎要在山里跳舞。我真是个傻瓜，完全忘了自己上山的目的，也把绳子忘得一干二净，一路跑下山，只想尽快观察自己果园泥土的状态，思考接下来该怎么做。因为是下山，差不多一个小时就跑到山脚下的果园。已经是半夜了，我这么晚还没有回家，美千子带着孩子来果园看我。他们原本很担心，可是看到我欣喜若狂的样子，都一脸的纳闷。

翌日早晨，木村再度上山。

他想更仔细地观察那棵橡树。

阳光下，那棵橡树比想象中细，树干直径不超过十五厘米，但树根十分健壮，无论怎么挖，都看得到牢固的树根深扎大地。这是一棵年轻的橡树，但它的根又粗又长，还有很多细毛般的侧根。

由于泥土松软，木村把周围的土都挖了起来。昨晚的印象没有错，泥土的确温温的，而且有一股独特的刺鼻味道，和自己果园的泥土完全不同。

> 泥土果然不一样。我带了纸和铅笔，想把那里泥土的样子画下来，但画不出来，只好把泥土装在尼龙袋里扛下山。我把袋口绑得紧紧的，以免那股刺鼻的味道跑掉。回到自己的果园，我把泥土挖出来比较了一下。果园里的泥土很硬，完全没有味道，拔草的时候，根也会断掉。苹果树的根更是惨不忍睹，不够粗，没有抓力，还有些发黑，没有山上橡树根那种白白的感觉。在那片杂草中，橡树长出那么多根，我细心地把草割得像小平头那么短，没想到根却是这副德行。我一直以为杂草是苹果树的大敌，以为割草会有帮助，没想到无论怎么割草，苹果树都不见好转，原来割草才是最大的错误。

木村本以为已无能为力，如今才发现根本不是这么回事。觉得无能为力，是因为忽视了真正重要的问题。太在意肉眼看到的部分，忽略了看不到的地方。

检验后发现，橡树下的泥土中那股刺鼻的味道来自一种放线菌。这种放线菌可以聚集空气中的氮，并将氮转化为养分储存在泥土中。大豆等豆类根部共生的根瘤菌也有助于聚集氮。

农业教科书中也提到，氮、磷、钾是农作物不可或缺的三大元素。山里的泥土当然不可能是有人按照教科书调配出来的，没用一克肥料，却具备了培育橡树的条件。

原来，根本不需要堆肥。人类施加的营养成分，比如化肥和堆肥只能发挥短暂的效果，所以必须每年施肥。如此一来，苹果树就像可以开怀大吃甜食的小孩子一样，不必为了从泥土中吸收必需的营养努力长根。

木村每天挖土，坚持观察。除了奉为教科书的橡树下的泥土和自己果园的泥土，他还观察山里各个地方和山麓荒地的土。过去走在泥土地上时，做梦也没有想到果园的泥土和山里的泥土竟然有这么大的差异。

首先，两者的温度就大不相同。那段时间，木村无论去哪里，都会随身带一个大温度计。为了避免温度计折断，他用硬纸板固定好。一挖完土，就测量温度。他发现无论挖得多深，山中泥土的温度几乎没有太大变化。表层的泥土和几十厘米深的泥土温度几乎相同。而果园里的泥土只要挖十厘米，温度就会骤降。

不瞒你说，因为杂草的事，我和我爸发生过争执。我爸叫我不要除草，因为他曾经在长满杂草的南方岛屿栽培过优良农作物，我不相信他的话，反驳说南方岛屿和青森不一样。苹果树已经够衰弱的了，园里再长满野草，养分就会被夺走，苹果树会越来越衰弱。可我终于发现，我爸说得没错，杂草也发挥了它的功能——松土，我没有看到我爸已经看到的事。那时，我的视野变得异常狭窄，等于透过针眼窥视苹果树，只见树木不见森林，眼里只有苹果树。

苹果树不是独立生长的，而是生活在大自然中。人也一样，但是人往往忘了这件事，觉得自己好像是独立生活在这个世界中，久而久之，便以为自己栽培的农作物也一样。我认为这是使用农药带来的最大问题。

喷洒农药其实是把果树和大自然隔绝。山上的泥土比较温暖，是因为里面有许多活动的微生物，所以无论怎么挖，泥土都维持着一定的温度。果园泥土中的微生物活力变弱，所以只要挖十厘米，温度就会降低。最好的证明就是我挖了许多地方的泥土，发现离果园越近，情况和果园越相似。挖得越深，温度越低。土壤生态系统受到农药的影响产生了变化，我的果园也一样，土壤中微生物的量和山中的泥土相比，一定少了很多。那时候，我停止喷洒农药已经有六年了，但之前一直使用农药，所以，生态系统已完全遭到破坏。再加上我把草都割光了，生态系统根本无法恢复，因为它需要靠无数生物的活动才能维持。

于是，我就想到，想让苹果树根更牢固，就要重现山里泥土的状态。我决定让杂草恣意生长。因为我知道在山上柔软的泥土中，微生物十分丰富，挖得很深，温度也不会变化，因此根部会健康生长。但那时候我已经把果园的草割掉了，季节又不对，所以播下大豆代替。我用便宜的价格买了劣等的大豆，不知道一共撒了几袋，总之撒了很多很多，结果山鸽居然也跑来了。我这边撒大豆，鸽子就在一旁吃得不亦乐乎，简直就是白费功夫。啊哈哈！笑死人了。有一段时间，山鸽还在果园里筑巢，果园一度成为山鸽的天堂。

大豆长大后拔出来一看，根部有密密麻麻的小颗粒，那是根瘤菌的家。这些根瘤菌一定可以和山中泥土的放线菌发挥相同的功效。

翌年，他从春天开始播种大豆，不久大豆长到齐腰的高度，苹果园仿佛变成了原始森林。之前每个月割一次草的习惯也停止了，大豆下方长满各式各样的杂草，昆虫在草中鸣叫，青蛙捕捉昆虫，蛇在青蛙身后虎视眈眈，甚至还有野鼠、野兔。木村的果园顿时热闹起来。不可思议的是，大豆的根瘤菌比前一年减少了。

苹果树有了些许好转。虽然斑点落叶病和卷叶蛾依然肆虐，但木村觉得苹果树已经结束了和疾病的长期抗争，渐渐恢复了健康。

用牙齿交换苹果树的叶子

木村那段时间开始外出打工。

果园出现了好转的迹象，但木村家的生活并没有改善，收入每况愈下，木村不得不靠外出打工维持家计。然而，他决定开始打工，最主要的原因是对自尊心的看法产生了转变。

把苹果园弄得乱七八糟后，自己外出打工，等于宣告失败，他不愿意让别人认为他无法靠种苹果维生，才必须打工糊口。

以前大家都打工赚钱，所以他对这种事并不排斥，但无意在家附近找工作。周围人的批评和议论对他造成的伤害，比自己想象的更加严重。无论怎么说，自己是果农，要靠苹果养家糊口，绝不能外出打工。他曾一直这么认为。

在岩木山上找到答案后，这种莫名其妙的自尊心完全消失了。如果说自尊心是因为在意他人的目光而产生的，那么可以说，现在他已经不在意任何人的目光了。

只要能让苹果树结出果实，他愿意做任何事。

从岩木山回来后，他再也不三更半夜坐在苹果箱上冥思苦想了。收获之前，还有太多事必须做，但他不再为要做什么感到烦恼。果园的工作结束后，晚上只有睡觉一件事。

他想利用晚上的时间去打工。可在地方城市找这样一份工作并不容易。

他先在弘前的弹子房找到一份工作。生性老实的他从来没有去过弹子房，也是第一次看到弹子游戏机，更没想过会去那里工作。

弹子房店员最主要的工作，就是处理客人的抱怨。

弹子卡到钉子上堵住了；弹子进了中奖的洞，却没有弹子出来；为什么打了这么久还没有中……客人会不停地抱怨，如何快速合理地解决问题、安抚客人，是做这一行的关键，这些责任都必须由店员一肩扛起。

如果是正当的抱怨，的确是弹子机有问题，就要迅速解决，在不造成亏损的情况下弥补客人的损失。如果客人只是找碴，也要在不激怒客人的情况下，用强硬的态度告诫他们，不能被客人牵着鼻子走。

木村根本无法处理这些状况。客人找他，他也不知所措，非但无法安抚，反而经常激怒客人。店长看不下去了，就送了他一台废弃的机器，要他在家练习。练习后，他了解了机器的构造，但应对态度丝毫没有改善。木村懂得苹果树，却对弹子房的客人一无所知。

八月遭到解雇后，木村在闹市区的酒吧找到了一份工作。

刚开始，他负责打扫厕所。各家酒吧打烊后，他去打扫脏厕所，赚取五百日元、一千日元的报酬。虽然工作很辛苦，但他激励自己，这样就可以为家人买东西了。不久后，某间酒吧的经理问他要不要来店里上班。

店里没有客人时，他要在店门口拉客；生意忙碌时，他要在店里当服务生。酒吧对木村来说也是一个陌生的世界，他既不知道加冰的纯酒和兑水酒所用的杯子不同，也听不懂店员之间的暗语，几乎每天都出糗，但酒吧的人对他很亲切。

酒吧的公关小姐和其他员工几乎都不是青森县人，每个人都有隐情，才来这家店上班。这种环境中，大家都不会谈论自己的过去，对别人的困境也十分敏感。

木村的穷困一目了然。多年营养不良，他已经骨瘦如柴，和他的苹果树差不多。傍晚忙完果园的工作，他就骑着那辆老旧的小绵羊摩托直奔酒吧，身上的化纤旧毛衣和膝盖已经松垮的长裤总是沾满泥巴。到了店里，换上日租五百日元的廉价西装，戴上用橡皮圈套在脖子上的领结拉客。没有客人的寒夜，他不得不在冷清的街头站到两点多。

苹果果农是弘前一带酒吧的常客，同为果农的木村为何如此落魄？

当有人这么问木村时，他从来不隐瞒自己的故事。以木村的个性，他一定会笑着告诉大家被害虫咬光叶子的苹果树的惨状，以及他追求无农药苹果的梦想。

只要和木村聊过天，就可以发现他受欢迎的理由。

首先，他说话很风趣。从来不会自我吹嘘，总是毫不避讳地谈论自己无数次失败的经历，语调和谈话内容总是让人情不自禁地深受吸引。而且笑点处处都是，令人感觉好像在听津轻相声。

他也不是一味聊苹果的事，几杯酒下肚，就会扯出一些让人难辨真假的故事。虽说荒诞不经，却有一种奇妙的真实感，听着听着会忍不住信以为真。

每当木村开始有醉意、心情特别好的时候，总会说一件离奇的事。

那就是他遇到外星人的故事。

那是我栽培无农药苹果的第二年或第三年，还没有卖掉小货车的时候。有一天傍晚，我忘了几点，天色已经暗下来，我在果园里做完事，坐在小货车的驾驶座上正准备回家，发现眼前站着一个人。那个人很奇怪，全身发着银光，看不清眼睛和鼻子。他隔着挡风玻璃直直地看着我，我浑身僵住了，只有眼睛可以动。我一直盯着他，不知道他打算做什么，没想到，他竟然走进我那叶子掉光、一片荒凉的苹果园，在里面飞速行走。我歪着头，弄不清楚到底发生了什么。

第二次是在半夜。我的卧室在二楼，半夜我醒来坐在床上想事情，发现窗户打开了，窗帘晃动，有两个人走进来。那两个人很小，像影子一样黑漆漆的，他们抓住我的双臂，把我从敞开的窗户带了出去。当我回过神时，发现自己悬在半空。低头一看，只看到很多屋顶。那两个黑漆漆的人一句话都不说，抓着我的双臂不断往上升，空中悬浮着一个体积巨大、好像宇宙飞船的东西，他们把我带了进去。那里面已经有两个人了，一个年轻的白种女人，还有一个白种男人，一头短发，感觉好像是军人。他们让我坐在那里，要把我们带去一个地方。先是那个女人，之后是那个看起来像军人的男人，最后是我。

当我走进去时，发现那一男一女各自躺在平台上，身上没有穿衣服。不知道为什么，当时我没有一丝逃

> 跑或抵抗的想法，走过去时，只想着自己会不会也被脱光。但他们没有脱我的衣服，而是把我带到好像驾驶舱的地方。虽说是驾驶舱，却完全看不到任何仪器，他们告诉我怎么驾驶这艘宇宙飞船，还让我看一个黑黑的东西，说那是宇宙飞船的动力源，这样就可以悬在半空中。然后又把我带到其他房间，那里出现的人不是黑漆漆的，像古希腊的哲学家……苏格拉底那样。有几块很大的板子，他们叫我搬动一下。我仔细一看，原来是地球的年历，一张就是一年。那不是过去的，而是未来的年历，我还数了数到底有几张……

他从来没有说过到底有几张，只说没有太多。

荣格认为，飞碟是一种象征，是现代人陷入巨大困惑、想要找回自我时的典型幻觉之一。中世纪的人会看见神，不相信神灵的现代人则会看到空中的圆盘。地面象征现实，来自外太空的东西则代表从现实中解脱的想法，这是一种逃避现实的心理。但这个来自外太空的东西是圆盘，这件事的意义十分重大，它代表着遇到瓶颈而分裂的自我正努力再度恢复完整。圆形和球体象征着协调而完整的自我。木村栽培无农药苹果多年，经历了一次又一次的失败，已经走投无路，感觉脑袋都分成了两半，即使看到飞碟的幻影也不足为奇。

当醺醺然的木村听到别人用这种现实的理论解说他的故事，总是以他私藏的精彩结局反驳。

> 几年后，我在家看电视，看到一个“飞碟确有其事”之类的特别节目，节目中介绍了一个被外星人带走的人，居然就是那个白种女人。那个节目我老婆也在看，当时真是吓到了。那女人说的故事和我的一模一样。她说飞碟里除了她还有两个地球人，一个是像军人的男人，另一个是戴眼镜的东方人。那应该是在说我吧。啊哈哈哈！那时候，我真的太惊讶了。

笔者没有向木村太太美千子求证这件事，怕给她带来麻烦，况且木村也只在喝酒后才会提起此事。所以，这绝对是木村的幻想。

他或许也曾把这件事告诉酒家的人，人们明知是幻想，但他的话语中却有某种特殊的韵味，令人百听不厌。

先驱者总是孤独的。自古以来，那些进行创新或革新的人都是孤独的，因为他们打破了人类既有的观念。在热爱经过漫长历史累积起来的世界观和价值观的人们看来，先驱者是在破坏秩序。莱特兄弟想让飞机飞上天空时，欧洲有位学者甚至写了一篇论文，证明飞机这种人工机器根本不可能飞上天空。

伽利略受到宗教审判，被迫放弃地动说的情况也一样。现代人可能不明白为什么这种问题会引起如此的轩然大波。做飞天的实验又不会影响别人。即使地球绕着太阳转又有什么问题？然而，人们当时的反应并非如此平静，他们声称那违反物理学法则或冒犯上帝，但真正的原因是惧怕变化。

人类是害怕变化的动物，莱特兄弟和伽利略之所以成为现代人眼中的伟人，受到尊敬，是因为飞机和地动说在现代已经不是新事物了。

木村也面临着人类这种本能的恐惧感。在这个农药万能的时代，试图不用农药栽培苹果，简直可以与伽利略主张地球绕着太阳转动的鲁莽行为相匹敌。不难想象他承受着各种有形和无形的压力。

然而，木村很少聊这些事。

他也许靠诉说飞碟故事取代这些辛酸，如同冒险家即使已经遍体鳞伤，也仍然在谈论明天的计划。

虽然飞碟和苹果毫无关系，但在木村的潜意识中，两者应该密切相关。无论飞碟还是无农药苹果都象征着不可能的事物，任何人都说那是梦幻。木村说自己走进飞碟，代表他克服了不可能。木村要靠种出无农药苹果找回完整的自我。

他要完成不可能的任务。

栽培无农药苹果关系到木村的人生。

酒吧的人不知道苹果栽培的事，所以很热切地倾听木村的梦想。即使他们不了解无农药苹果栽培有多么困难，但只要看到木村的样子，就可以充分了解这个梦想对他有多大意义。也许，他们用不同于木村女儿的方式，也把木村的梦想变成了自己的梦想。即使不是自己的，可梦想还是梦想，令人觉得人生值得走一回。为此舍弃自尊心、不分昼夜工作的木村，变成了他们心目中的英雄。

不久，大家都称木村为“老爹”，木村深受众人敬仰。酒吧的公关小姐得知木村不吃晚餐就来店里上班，开始轮流为他做便当。

酒吧的经理发现木村来上班后，店里的气氛变得活泼许多。他得知木村性格耿直、不贪财，能处理账务，就让他负责店里的会计工作。木村的个性和声色场所格格不入，却在不知不觉中成为店里不可或缺的角色。

木村在那里工作了三年。

他每天从傍晚七点工作到深夜，每月十七万多的收入成了木村家的经济来源。

如果不是一起偶然事件，木村根本不可能辞职。

也许是苹果树在呼唤木村。

那天，店里几乎没有客人。服务生兼会计的木村难得站在店门口拉客。

正值冬季，天气寒冷，马路两旁堆满了雪，闹市区人影寥寥。想要拉客也看不到人。偶尔有几个醉客经过，木村也上前打招呼。

如果不是因为车头灯逆光看不清楚，木村不可能向那两个人打招呼。街头拉客是有规矩的，绝对不能向同行揽生意。酒吧的人和相关人员给人的感觉不同于客人，一眼就可以看出来。

那两个男人正是禁止拉客的对象中需要格外注意的人，他们是当地的黑社会人员。

“先生，要不要进来喝一杯？”

话刚一出口，木村的衣领就被揪住了。

“浑蛋，你不长眼睛吗？”他们炫耀着胸前的金色徽章。

木村连声道歉，但为时已晚。那两个男人试图走进店里找麻烦。木村拦住他们拼命道歉，结果被带到了没有人的寺院。

不知什么时候，出现了七八个男人，把木村团团围住，开始殴打他。木村的门牙被打断了，白衬衫上都是血。那群人把他往死里打，如果不赶快逃，恐怕就没命了。

木村低头一看，发现打他的男人穿着柔软的防寒鞋，他立刻用鞋跟用力踩那个人的脚背。一个当接骨医生的客人曾经告诉他，脚背是人的要害。

那男人蹲下去抱着脚，木村乘机逃走了。他连滚带爬地冲下寺院后方的斜坡，之后的细节，他完全不记得了。他沿着闹市区附近的私铁铁轨拼命跑，穿过平交道口，躲进一家餐厅后门的燃气罐后面，随后听到追赶者的脚步声和嚷嚷着寻找他的叫嚣声。木村屏住呼吸，等待他们走远。当他好不容易回到店里时，发现店门口停着两辆警车，简直就像警匪片。

> 警察给我看了一本小册子，上面贴着他们锁定的黑社会分子的照片。我的衬衫上都是血，脸也肿起来了，但警察根本不管这些，让我一张一张地看照片，不停地问我是不是这个人，是不是那个人。虽然我一眼就认出那个打我的人，但不想把事情闹大。我说是我的错，不应该向他们拉生意，所以不打算告他们。警察只能作罢，说："好吧，我们明天会叫那两个打你的人来警局说明情况。"因为没有报案，警察不会逮捕他们，但警方想了解整起事件的来龙去脉。第二天，那两个人上门向我道歉。事后我才听说，我工作的那家店没有缴保护费，才会被盯上。以前做酒吧生意的都要缴保护费。因为这件事惊动了警方，他们也不敢再造次。后来，他们又上门道歉了两次，说想和解，还要我去见他们的老大。我去喝了一杯酒，和他们言归于好。其实，他们不需要再三向我

道歉，可能他们有自己的行规吧。

发生这件事后，我就辞职了。我觉得差不多是时候了，苹果树越来越健康，它们好像在激励我该辞去工作，靠本行维生。酒吧的经理劝了我好几次，叫我养好伤后再回店里上班。我觉得有必要说清楚，就去店里向大家道别，经理得知我心意已定，对我说："那你要好好加油，一定种出苹果来。"他还给了我一笔离职金。我打开信封一看，惊讶地发现有五十万。经理说这是我工作三年的离职金，我已经好久没看到这么大一笔钱了。但付完拖欠的税金后，几乎没剩下多少。

因为这事，我牙齿都没有了。他们只打断我一颗门牙，但我不想忘记这件事，告诉自己这颗掉落的牙齿是我为苹果而战的证据，就没有去补牙。当时我想，为了保护苹果树，我不惜被人殴打，不去补牙，才能让自己一辈子都不忘记这件事。没想到掉了一颗牙后，旁边的牙齿也开始松动。每次有牙齿松动，我就自己用铁钳拔掉，结果，满嘴的牙齿都掉光了。每当有人问我为什么没有牙齿，我就回答说："我用牙齿换来了苹果树的叶子。"

枯树逢春

在寒冷的冬季，有时会不经意地感受到春天的气息。

大自然的变化在不知不觉中缓缓进行，仿佛涨潮般，渐渐对周围产生影响。

人也会不经意地感受到这一点。肉眼看不到的变化首先改变了木村，也影响着他和周围人之间的关系。

木村说过这样一件事。

附近果园的主人看到木村的果园简直成了原始森林，终于忍不住向他抱怨："请你至少把杂草割一割。"

对方一脸忍无可忍的表情。木村很清楚，这句话虽然简短，却包含了无尽的不满。

对方一定心想：我才不管什么无农药栽培这种天马行空的事，虽然一直很气愤，但总是告诉自己，至少你会把杂草处理干净，所以至今都没有说什么。没想到现在你连草也不割了，杂草恣意生长，大豆齐腰，要拨开这些才能走进果园。果园里面如同荒山，到处都有虫子飞来飞去，这已经称不上是果园了。抓着莫名其妙的梦想不放，多年来屡屡失败，家里也搞得一贫如洗，这是你的事，但不要给别人造成困扰。那些虫子飞到我家的果园怎么办？

所以，对方觉得无论如何都不能原谅木村。

如果在一年前，木村或许会和对方起争执，但那天，他默默地听完后，静静地说："可以请你明天傍晚再来一次吗？"

翌日傍晚，那个男人和木村一起站在他们果园的交界处。

会生下啃食树叶的害虫的蛾在眼前飞舞。

那个男人一脸难以置信的表情。

木村的果园里没有蛾子飞出去，反而有一两只蛾子逃也似的从旁边的果园飞过来。

木村的果园不像害虫的发生地，而像是害虫的落脚处。

对昆虫来说，喷洒了农药的果园绝不是理想的生存环境。这个道理显而易见。

这个果农看到自己的果园使用农药后仍然有这么多蛾，感到十分惊讶。

害虫无法杜绝，所以每年必须喷洒农药，然而，亲眼目睹后还是深受震撼。那个人自此再也没有找木村抱怨过，还把这些情况告诉了附近的果农。

因为他发现木村不像一般的怪人，至少他在做事。果园里挖了很多洞，据说是为了测量地下的温度。木村热心地从山里泥土和果园泥土的温度不同讲起，告诉他为什么要养杂草。

“你又不是学者。”

那个男人虽然忍不住挖苦，但内心十分佩服。此前，他从来没有考虑过苹果树的根在泥土中怎么生长，他不得不承认，木村并不是毫无根据地让杂草乱长。或许是心理作用，他发现木村果园里的苹果树叶好像比以前健康多了。

姑且不论苹果，木村在果园里种的蔬菜就很漂亮。西红柿的茎差不多有三米高，结了很多果实。他从来没有见过比苹果树还高的西红柿。木村的确是一个怪人，但还是应该肯定他在农业方面的才华。

当然，他仍无法完全认同木村的做法，因为木村的果园里到处都是虫。但既然那些虫子不会危害自己的果园，就让他继续努力吧。

周围人看待木村的眼光渐渐改变了。

在这里，必须向读者澄清一点。整件事根据木村接受采访时的内容所写，并没有向那位要求他“把草割一割”的果农求证，因为木村不愿意告诉我们对方是哪一位。虽然可以向附近的果园主人一一打听，但笔者无意这么做。

那是二十多年前的事，当时正值壮年的果农可能已经把果园交给下一代了。但从这件事可以明白，木村不希望因为自己的缘故影响附近的果园。

这里所写的只是木村的主观回忆，而且，他也没有整天站在果园的交界处观察蛾子是从哪里飞来的，更无法保证果园内大量滋生的害虫没有飞到其他人的果园。因此，无法得知向木村抱怨的人是不是发自内心地接受了他的说辞。即使现在，津轻地区的苹果果农也没有完全接受木村的做法，不，对他持否定态度的果农可能更多。

也许他们认为，木村挑战无农药栽培苹果等于否定他们栽培苹果的方法。木村越被视为英雄，就越让他们觉得世人在指责自己：既然不使用农药也可以种出苹果，为什么还要使用农药？

然而，木村根本没这么想过，他只希望自家的苹果树不使用农药，最担心自己的做法会给其他果园带来麻烦。这也是他从黎明到黄昏整天在果园里抓害虫的原因。

一位近距离观察木村的年轻人竹谷诚渐渐认同了他。他的父亲竹谷银三的苹果园和木村的果园相邻。竹谷诚从当地的农业技校毕业后开始在父亲的果园中帮忙，那时木村的果园每年都已开满苹果花。他从木村挑战无农药苹果初期就开始观察，当然知道木村的果园病虫害成灾、束手无策的状态。

竹谷诚年纪比木村小，所以不曾为此对木村说过什么，但他可以想象当时的大人用怎样的目光看木村。

> 目前的农药技术很发达，即使邻近的果园病虫害增加，也不需要太紧张，只要在适当的时机喷洒适当的农药或杀虫剂就可以。但是二十年前，技术还没有这么发达，战后使用新农药才短短四十年的时间，即使喷洒了农药，害虫仍然会肆虐。有人因此认为受到了木村先生的果园的影响，或许也在情理之中。我的果园就在旁边，但根据我的观察，从来没有看到大量害虫从木村先生的果园飞过来。看到木村先生原本惨不忍睹的果园渐渐好转，我感到很奇妙。我很清楚木村先生没有使用农药。或许这么说有些失礼，但我真的对木村先生刮目相看，觉得他完成了创举。我父亲和其他果农看到木村先生果园的变化后，态度也逐渐改变了。这不是道听途说，而是亲眼目睹。每个亲眼看过木村先生果园的果农都有同样的想法。

当周围的果农看待木村的眼光出现微妙的变化时，木村观察害虫的眼光也发生了某种变化。

我在抓虫的时候忽然想到，不知道它们长什么样？我从家带了放大镜，仔细观察手上害虫的长相。结果发现它长得十分可爱，一双圆圆的大眼睛目不转睛地看着我。一旦看清它的脸，就无法再痛恨它了。它明明是我必须痛恨的敌人，但因为我是傻瓜，不忍心杀死它，就又把它放回树叶上。明明是害虫，长相却很可爱。大自然实在太奇妙了。我又继续观察益虫的长相。益虫是帮忙吃掉害虫的好虫子，没想到它们却很可怕。叶色草蛉简直像电影里的怪兽。人类根据自己的需求把昆虫分为害虫和益虫，其实吃叶子的毛虫是食草类，表情温和；吃它们的益虫是食肉类，面目狰狞。

我每天都在抓虫，没想到却对它们一无所知。各式各样的昆虫都在苹果树上产卵，仔细一想，自己根本不知道哪一种卵会孵出什么虫，也不知道这种幼虫会变成怎样的成虫。此后，我开始观察昆虫，一整天都在看它们怎么吃叶子。只要看到虫卵，就毫不犹豫地抓掉，留下几个每天观察、记录。我还把各种虫子抓回家里养。我想起来了，以前还闹过笑话。有一次不小心忘了观察，结果几天后，所有的虫子都变成了蛾，几十只蛾在房间里飞来飞去。啊哈哈哈！根本没办法观察。不过，即使同一种类的蛾，雌蛾和雄蛾的飞行方式也不一样。我居然连这一点都不知道。

昆虫的世界太不可思议了。比方说，产在树干上的害虫的卵，颜色和树干一样，这是它们的保护色。通常是一堆直径五毫米的卵块，里面有五十个卵。在距离这个卵块十厘米的地方，有两个其他昆虫的卵，那是瓢虫的。原来益虫在等待害虫孵化。但害虫并不是等着被吃，那五十个卵不会一次全部孵化，而是先孵化一半。当这一半的虫子长到一厘米大小时，另一半才孵化。这时，瓢虫孵化出来了。刚孵化的瓢虫很小，只能吃后孵化的那一半害虫，先孵化的那一半就会不断地吃叶子长大，躲过被吃的命运。也就是说，后来孵化的那一半是专门用来喂瓢虫的，是为了让先孵化的那一半可以继续生存的牺牲品。看到这种状况，我真的很惊讶。昆虫到底生活在怎样的世界里？到底是谁设计出这种方式？我感到不可思议，不得不惊叹大自然的玄妙。或许我这么说有点夸张，但之所以有地球，也许就是那些小虫子的功劳。

木村终于发现了一个真理：在大自然中，没有害虫和益虫之分。

正因为有被人类称为害虫的昆虫存在，益虫才能够生存。正因为有食虫者和被捕食者存在，大自然才能保持平衡。这件事本身并没有善恶之分。疾病和害虫暴增，或许是大自然想要恢复平衡发挥的制衡作用。

自从木村发现树林中的肥沃泥土，开始在果园中培养杂草后，苹果树慢慢恢复了健康，它们顺利地在果园的地下扎根，一推就晃的树越来越少了。

但是，害虫并没有减少，造成病害的霉菌和细菌也没有消失。如果从自然规律来说，高加索山脉上的苹果树出现在这里就已经不是自然的事了。

树林中有橡树，是因为大自然接受了它在那里。

降雨量、湿度和温度，以及和周围植物之间的关系，都影响着植物的生长。当这些条件适合掉落在地面的橡树种子时，它才能生长。大自然选择了橡树，是因为大自然需要它，它才会出现在那里。如果这种关系改变，橡树就会静静地枯萎。

苹果树的情况则不同。是人类种植苹果树，是人类需要苹果。如果按照大自然的规律，苹果树应该枯萎，是人类想方设法让它们活了下来。

这就是农业，和有没有使用农药无关。

因此，木村面临的难题是如何让大自然的规律和人类的要求取得平衡。果园内还有病虫害，说明某些部分还无法取得平衡。

农药可以轻而易举地解决这个问题。只要有害虫，就立刻把它杀死；病害蔓延，就用药剂消毒，结果对大自然的平衡造成了极大的伤害。只要比较山里的泥土和果园的泥土，就可以了解这一点。说得极端些，现代农业是建立在破坏大自然平衡的基础上。

木村试图寻找可以取代农药的食品，结果徒劳无功。假如他成功发现了某种可以消灭病虫害的食品，即使对人类无害，但对大自然来说，也和使用农药没什么两样。那么，他就不会在那一天误把橡树当成苹果树，更没有机会发现泥土的重要性。

岩木山让他发现大自然太复杂了。面对这么复杂的对手，不可能轻易让其取得平衡。

大自然不分害虫和益虫，不仅如此，连生物和非生物之间的界线都很模糊。土壤、水、空气、阳光、风这些没有生命的物质，和细菌、微生物、昆虫、杂草、树木、野兽等生命体相互结合，形成了大自然。木村决定和整个大自然为伍，要让苹果树的生命融入大自然编织的生态系统中。

停止使用农药后，我发现一件事。农药会使苹果树抗病虫害的战斗力衰退，因为它们太轻松了，不需要自己去对付这些灾害。就好像整天开车，腰腿功能就会逐渐退化一样。不光苹果树，使用农药的人也难以对抗病虫害，无法充分了解疾病和害虫。因为一旦发生问题，只要喷洒农药就行，根本不需要深究。我不是在说别人，而是说自己。我以前不是说害虫的卵有保护色吗？卵很小，不管在树枝还是树叶上，都会和周围的环境融为一体，很难被发现。况且我根本不知道什么卵会孵出什么虫子，有时候会把瓢虫卵也拿掉。瓢虫的卵是橘色的，一下子就能看到。那时候，我把害虫当成眼中钉，整天拼命抓虫，却连这一点都没有察觉。当我静下心来观察，才有了很多新发现。

有一天，木村发现在保护色下难以察觉的害虫卵忽然变白了。以前，木村在思考其中原因之前，会把卵捏死，但那次他没有这么做。他每天观察，发现卵变白的一星期后，慢慢孵化出很小的幼虫。

木村恍然大悟。每次看到相似的情况，就开始记录，最后发现每个卵都一样，在孵化前的一个星期会变成白色。

了解这一点，除虫就变得很轻松。卵在变色前绝对不会孵化，只要摘除变白的卵就行了。

不可思议的是，把这种白色的卵从树皮刮下后，蚂蚁和蜘蛛这些地上的昆虫会立刻聚集过来，把卵吃得一干二净，好像在等待木村丢卵喂它们。

木村花了这么多年才发现虫卵会变白，蚂蚁和蜘蛛竟天生知道这堆白色的东西是卵，里面挤满了即将孵化的幼虫。瓢虫也一样，虽然是第一次产卵，却知道害虫在哪里产卵，否则就无法解释它们每次都能准确地产在害虫卵旁边，好像事先测量过一样。

大自然真是充满奥妙。

人类如果没有长时间仔细观察，对大自然的了解还不如刚出生的昆虫。

现在，和苹果树相处三十年的木村，只要看一眼苹果树，就可以凭直觉知道虫子会在什么地方产卵。一经寻找，果然会发现虫卵。

即使害虫卵有保护色，即使体积再小，也逃不过木村的眼睛。如果他看不到，就代表害虫没在那棵树上产卵。他对虫子的充分了解可以让他如此断言。

或许这种说法有点奇怪，但他是少数在捕捉害虫的能力方面不输给瓢虫的人类。

> 我经过很长的时间才能做到这一点。对付病害也一样。我一直觉得醋应该很有效，但使用了一段时间没什么效果。原因是我没有看到应该看的地方，农药的喷洒浓度和时机很重要，醋的喷洒浓度和时机的重要性更不在话

下。因为醋和农药不同，无法彻底消灭霉菌和细菌，虽然农业相关法律把醋称为特定农药，但其实完全是两码事，从来没听过有人喝醋自杀。醋对人类来说是健康食品，具有杀菌效果，只是这种效果很弱，我需要靠这种微弱的杀菌能力，弥补苹果树对抗疾病的能力。因此，我必须对细菌和霉菌有充分的了解，先发制“菌”，不能只是简单地喷洒。以前我没想到这一点，只看到疾病，只想消除它们。

疾病也是大自然的一部分。

有些年份的初春季节多雨，有些年份梅雨季节的气温没有上升。

大自然每年都展现出不同的面貌，苹果树每年发生疾病的时期和方式也不一样。疾病和气候有密切的关系，当木村发现这一点后，醋才终于发挥功效。

在果园里播下大豆培育杂草的第二年，果园的状态有了明显的改善。

苹果树在春天长出来的叶子，到了秋天都没有掉落。

虽然剩下的叶子只有原来的三分之一，但木村仍然开心得想要跳舞，要知道在此之前，还未入夏叶子几乎就掉光了。

当然，这不光是醋的效果。

果园的泥土变得像山上的泥土一样松软，苹果树的根深扎其中，苹果树变得健康，醋发挥了效果。木村认为，这是几项条件结合在一起出现的结果。

不根据实际情况胡乱喷醋，绝对不可能出现这种结果。

说得夸张点，只有整体把握大自然，醋才能发挥效果。

现在就很清楚了，只要了解今年的梅雨季节从什么时候开始，夏天的气温是不是不太高，周末是否会下雨……就可以预测疾病发生的日期。在霉菌和细菌活动加强之前喷醋，就可以获得理想的效果。天气预报有时候不太准，所以要学会自己看天气，至少要比天气预报准确，这就是使用农药和醋的不同。就像炸弹和刀，两者都是杀人武器，但不管是谁，只要把炸弹扔下去，就可以轻轻松松地杀死几千人；但刀不行，如果没有学过剑术，杀一个人很难，如果不懂得运用，就只是装饰品而已。啊哈哈哈！这个比喻不太恰当。

重要的是，醋必须借助人类的经验和能力才能发挥功效。反过来说，越了解大自然，醋发挥的效果就越大。虽然那年的树叶有三分之一留到秋天，但和周围的果园相比，还是惨不忍睹。对其他果园来说，不掉叶子才是理所当然。看着那些勉强留在树上的叶子，觉得苹果树好像在对我说：要睁大眼睛看清大自然，要更勤快地动手。

持续喷洒相同浓度的醋，霉菌和细菌会出现抗药性，醋就无法继续发挥效果。为了避免这种情况发生，木村掌握了稍微改变醋的浓度喷洒的技术，也买到了酸度更高的酿造醋。

毫无疑问，醋是因为苹果树变得更加健康才能够发挥效果，但木村用醋技术提升也是事实。正如他所说，即使没掉落的叶子只有三分之一，这也是很多因素共同作用的结果。

大自然的现象和实验室里的不同，不是由单一原因造成。即使很微小的变化，背后也隐藏着无数相互影响的动因。如同好几个小浪花会变成大浪头一样，无数微小的变化彼此结合，甚至会引起意想不到的巨变。

虽然看起来寥寥无几，但那三分之一的树叶为苹果树带来了不小的变化。

翌年的初春，苹果树长出了十厘米的新梢，也就是新枝。

生长停滞了好多年的苹果树再度生长。

果园入口的一棵苹果树开花了。虽说开了花，但不仔细看一定会错过。

开始无农药栽培时的八百棵苹果树将近一半枯萎了，剩下的四百多棵苹果树中，只有一棵开出了七朵花。

木村好久没有在自己的果园中看到苹果树的花了。那是他撒大豆后的第三年、所有果园停止使用农药第八年的春天。

果园里开了七朵苹果花。

这七朵花中，有两朵结了果。那两个苹果是那一年的全部收成。

在佛堂祭拜过苹果后，木村和全家人一起分享。

两颗苹果好吃得令人惊讶。

木村从懂事前就开始吃苹果，却是有生以来第一次吃到这么好吃的苹果。

并不光是心理作用。整棵苹果树的养分都被两个苹果吸收了，当然没理由不好吃。

那一年晚秋落叶之前，还有三分之二的树叶留在枝头。

木村漫长的苦战终于看到了尽头。

你的果园开花了！

最初看到这片景象的，是隔壁果园的主人竹谷银三。

虽然和他无关，但他还是忍不住叫起来。

“那家伙终于成功了！”

竹谷银三到处寻找木村，想向他道贺。然而，他往果园里张望了一下，里面似乎没有人。找遍整座果园，都不见木村的人影。这么重要的时刻，木村到底在干什么？

竹谷之前经常因为虫子和杂草的事烦恼，那时候也条件反射般生起木村的气。但他又转念一想，木村一定还不知道这件事，于是决定去通知木村。

找了半天，终于在农田里找到了木村，他正在向别人租来的农田里干活。

“木村，你去过果园吗？”

“哪里的果园？”

“苹果园啊。”

果然不出所料，木村摇着头。

“你的果园开花了。”

木村还是一脸茫然。所谓的惊慌失措就是这种表情吧。

“你在岩木山的果园开花了，赶快去看看吧。”

木村的反应如此迟钝，让人忍不住想摇着他的肩膀问：“难道你不高兴吗？”然后，木村骑上停在田间小道上的小绵羊摩托，车子没有发动起来。就是那辆从废品站买回来的破车。他踢了几下，引擎才终于发动。

嗒嗒嗒嗒嗒……引擎声渐去渐远。竹谷苦笑着目送他离去，注意到了引擎声的变化。引擎终于全力启动了。木村驼着背，直奔上山。

夫妻两人骑着小绵羊摩托车，行驶在狭窄的石子路上。丈夫骑车，妻子坐在后面，显然，他们违反了交通规则，但此刻根本无暇顾及这件事。他们急切地望向自家果园的方向，虽然还看不到。

快到果园时，丈夫却把摩托车停在路旁，沿着道路往上走。果园本是自家的，但他们还是沿着相邻的果园战战兢兢地走近。

当来到隔壁果园的仓库时，他们悄悄地躲在仓库背后，伸长脖子，好像来看榜单的考生。

眼前是白色的花，整片果园开满了白色的苹果花。

已经好几年没有开花的苹果树一下子全开花了。

人在真正感动的时刻会说不出话，会失去表情。他们愣在原地，一动也不动，说不出半句话来。

初春，岩木山山麓的风还有些冷。不知道是否被冷风吹到的关系，木村和妻子的眼中都泛着泪光。

时隔九年，久违的苹果花被泪水模糊了。

那时候，我不敢正视，真的是躲在仓库后面偷偷地看。其实我很有自信，因为前一年就开了花，虽然只有七朵，而且在初春我也看到了花苞，知道今年一定会开花，内心充满期待，但还是有一丝不安，担心苹果树并没有原谅我。已经好几年没有开花了，难免觉得不开花才是理所当然的。即使真的看到了，仍然怀疑是别人的果园，可再怎么看都是自己的果园，每棵树都开了花。那一刻，真是太高兴了。虽说是二十年前的事，但现在回想起来，仍会忍不住流泪。

回家后，我向爸妈报告了这件事，他们说，早上去果园时就知道了。啊哈哈！原来只有我和美千子不知道。下午，我又一个人跑去看。一天下来不知道去看了几次。傍晚，我带着酒去果园庆祝，在每棵树的根部倒一点点酒，为它们斟酒，感谢它们开了花。嗯，我也喝了，啊哈哈哈！我喝得比较多。赏花的心情从来没有这么好过，我喝完酒，躺在苹果树下抬头看着苹果花，觉得它们实在太漂亮了。和樱花很像，但樱花是往下垂，对着赏花的人，苹果花往上，不在意人的想法，朝着天空，感觉有点自大。

说着，木村发自内心地笑起来。

时隔九年终于开花，那天的事木村说了好几遍，虽然是将近二十年前，他却像在说昨天的事般兴高采烈。对木村来说，那一天是他人生的巅峰。

这个巅峰也成为他人生的转机。

那天之后，木村和苹果树的关系发生了改变。

这个可以称为顿悟的体验，成为木村人生中最重要的一个转折点。

人类能做的事很有限，大家都说木村很努力，但努力的其实不是我，而是苹果树。这不是我谦虚，是发自内心这么认为。因为无论人再怎么努力，都无法开出一朵苹果花，不管是在手上还是脚上。也许大家觉得苹果开花是理所当然，这么想表明他并没有真正理解自然。看到满园的苹果花，我深刻体会到这一点。这些苹果花不是我的功劳，而是苹果树的功劳。主角不是人，而是苹果树。我之前不懂这个道理，一直以为是自己在种苹果，是自己在管理苹果树。事实上，我只是在协助苹果树。经历了一次又一次的失败，我终于理解了这一点。我花了很长时间才走到这一步。

从来没吃过这么好吃的苹果

那年秋天，木村的果园里长出很多乒乓球大小的苹果。

苹果要长得大，必须适度地摘除花朵。木村没有彻底进行摘花作业。

一丛苹果花有五朵，必须摘除其中四朵，只留一朵，木村这么做了。但光是这样还不够，必须根据苹果树的情况决定一棵树要结多少果实，继续进行作业。

木村做不到，因为苹果树已经九年没有开花了。

这是木村梦寐以求的花，摘掉实在太可惜了，他摘花的手忍不住颤抖。

不摘花，果实就不会长大，木村很清楚这一点，可还是做不到。

木村没有彻底摘花，当然不光是感情上的问题，和病虫害斗争多年的他也有自己的说法。

苹果树终于开花、结果了，但还是无法尽情地高兴。醋发挥作用后，在很大程度上抑制了疾病的发生，但并不彻底。而且害虫的数量也没有减少。整体来说，树叶越健康，害虫数量越多。

比方说，卷叶蛾的幼虫不仅吃树叶，还吃花蕊。木村仍然像以前一样人工抓虫，苹果树无法完全避免害虫的啃食，有些花甚至被卷叶蛾幼虫吃光了。此外，还要考虑果实受到害虫和疾病影响的程度。黑星病会出现在果实表面，有些奇怪的虫会咬断苹果的梗，让果实掉落在地。即使使用农药，树上的花也不可能百分之百变成苹果，更何况木村没用农药，收成率自然相当低。

木村无法预估自己果园的收成率到底有多少，这是从挑战无农药苹果栽培开始，果园中第一次盛开苹果花，于是，他决定把摘花数控制在最低限度，观察秋天可以结出多少果实。

病虫害的影响并没有他预期中严重。木村全家出动去果园里抓虫，更重要的是苹果树自身的力量抵挡住了病虫害。

收成率比木村想象的要高。秋天，苹果树上仍然有很多果实。由于营养不足，只有乒乓球大小。

愿意买这种小苹果的人很少。最后，苹果被一位苹果加工中介商买走了。木村的苹果虽小，但甜度很高，可以用来做苹果汁。如果是一般的苹果，一箱最多只能装七十个，那年木村的苹果可以装两百六十个。

苹果实在太小了，把它们倒进中介商的塑料盒时，不断地从格子里掉出来。一箱二十公斤，交易价格是一百六十日元，简直被当成了处理品。整座果园的苹果卖了不到一万日元。

以前一直种不出苹果，有收成已经是一件天大的喜事了。冷静思考后才发现，光是这样没有意义。如果无法靠种出来的苹果生活，等于画饼充饥。翌年，我大量摘花，苹果稍微大了一些，但还是无法和用农药种出来的苹果相提并论。果园的状态也不稳定。别人看到我的苹果，经常惊讶地问："这是苹果吗？"我跑了很多市场，都没有人愿意买。

我绞尽脑汁思考出售自家苹果的方法。无农药栽培苹果要成功，前提是能够靠苹果维生。如果做不到，苹果就无法推广，只能沦为自我满足。其实在种出无农药苹果之前，我就一直在思考这个问题，最后觉得最好的方法是直接卖给客人。超市只卖外观漂亮的苹果，但我相信，即使无农药苹果大小不一、外表不够漂亮，还是有客人想吃。怎样才能把苹果送到这些人的手上？我想不出方法。收获苹果的第二年还是第三年，我去了大阪。为什么去大阪？俗话不是说食在大阪嘛。我相信大阪人了解食品真正的优点。你不要笑，我是认真的。总之，我想去大阪，在马路旁卖苹果。其实，我根本不知道要去哪里卖。啊哈哈哈！这就叫走一步算一步吧。

从弘前出发的列车，在清晨抵达大阪车站。

木村事先把苹果寄到大阪。他在大阪没有熟人，就把一箱箱苹果直接寄到大阪车站，收件人写木村秋则。

听起来很荒唐，但木村做的事经常无法用常理来理解。

他去站务室问自己的苹果在哪里，站务员瞪着三角眼怒斥他："那些苹果是你寄的？"

时值通勤时间，木村跟在站务员身后，在人满为患的车站角落，看到了堆成小山的苹果箱。

"你这样做，让我们很伤脑筋。"站务员火冒三丈。

"我在青森种苹果，这是无农药、无肥料栽培的……"

站务员没有认真听木村的解释，但还是接过木村战战兢兢递过来的苹果。木村的苹果太小了，也许正是这个原因吸引了站务员的好奇心。他似乎听到了"无农药"三个字，连皮咬了一口，表情顿时缓和下来。

前一刻还大发雷霆的站务员笑了。

“这些苹果你打算怎么处理？”

“如果可以……”

看到站务员露出笑脸，木村鼓起勇气问，可不可以让他在车站内设摊。站务员连连摇头。不打一声招呼就把苹果寄到车站，还想在车站内设摊叫卖，这未免太强人所难了。站务员说，如果开了这个先例，大阪车站很快就会挤满摊贩。

木村垂头丧气。来到大阪，他发现自己根本不知道该去哪里。已经进入九十年代，泡沫经济的时代过去，大阪的街头发生了巨大变化。现代化的大楼林立，身穿名牌服装的人来来往往。木村觉得自己是从昭和三十年代闯入了眼前的世界。

这个拥挤而陌生的都市，哪里可以容纳自己的苹果？

喜欢凑热闹的大阪人，不知不觉在他周围筑起了一道人墙。

看到一个男人在堆积如山的苹果箱前垂头丧气，站务员手上还拿着吃了一半的小苹果，人们当然会好奇。

“你可以去大阪市区看看。”

一个围观的人建议道。

“大阪市区的公园里聚集了很多卖吃食的摊贩，你应该去那里卖苹果。”

“没错，这个办法不错，听说那里在举办饮食节。”

几个人异口同声地表示赞同。

站务员终于松了一口气，好像卸下了重担。他找来一辆推车，说可以借给木村，建议他务必去那里试试。

木村把苹果箱装在推车上，推着它，信心满满地来到大阪市区公园。路上应该花了一个多小时，但他觉得一眨眼的工夫就到了。

他向饮食节的主办人说明情况后，对方说，现在不能在会场内为他安排摊位，但入口旁还有空地。那里已经有几个农民在帐篷下卖早上刚摘下的蔬菜和水果。

木村被安排在一个卖奈良柿子的果农旁边。那个人的柿子十分漂亮，木村的苹果却很寒酸。虽然这些是他挑出的颜色和形状还差强人意的，但摆出来一看，卖相很差，而且太小了。

参加饮食节的人并不少，却对木村的苹果不屑一顾。也有人停下来看几眼，却只是对这么小的苹果好奇而已。

“这真的是苹果吗？”

“这是不用农药和肥料种出来的苹果，虽然很小……”

他拼命推销，客人的反应却很冷淡。确认这么小的水果就是苹果，客人很快就失去兴趣，转身离开了。他们一定以为是处理品。

木村和卖柿子的果农视线交会，对方露出同情的表情。木村不假思索地把苹果递给他。

“虽然很小……但真的很好吃。”

他们决定相互交换。木村拿到了柿子，十分美味可口。

木村努力推销苹果，到了傍晚，喉咙都哑了，却没有卖出几颗。只有几个人光顾。有人买就让他乐不可支，用事先准备的纸袋塞满了苹果递给客人。

从大阪车站挥汗如雨地运来的十箱苹果几乎没有动，他想寄回青森，身上的钱又不够。他问开车来的柿农要不要这些苹果，对方欣然收下了。

回弘前的旅程漫长得令他生厌，来大阪时的得意一扫而光。原本打算只要赚回运费就好，所以苹果的价格定得非常便宜，一颗只要六十日元，但还是卖不出去。

如果都批发给加工商，根本不够本钱。而苹果卖不出去的话，就无法维持果园的经营。

面对眼前的情况，求苹果树也无济于事。这次必须面对的是人，可木村向来不擅长和人相处。

木村从二十多岁开始种苹果，如今已经四十多岁了。苹果树开花时，他觉得好像站到了世界的顶峰，内心有一种宁静的激动，感觉自己完成了任何人都做不到的事情。然而，如果客人对自己的苹果不屑一顾，一切功夫都是白费。难道这一切都错了吗?

木村满怀忧郁地走向果园。

苹果树开始为入冬作准备。已经完成使命的树叶变成红色，不久后将会变成落叶。这是在其他果园看不到的景象。

不知为什么，使用农药和肥料的果园几乎没有红叶。入冬后，只有颜色暗淡的树叶挂在枝头。

从生态平衡的角度来看，自己的果园才符合大自然的规律。为什么人类对这样的果园中生产出来的苹果不屑一顾？

一片泛红的叶子飘落在草丛中。

“你没有错。”

红叶仿佛在低语。

木村的心情轻松了一些。是的，自己没有错。

世人是否接受不是问题，那是他们的事。自己只要坚持走这条路就好，要让果园变成原野、变成山林。

几个星期后，他收到一封信。来自一位之前买过他一整袋苹果的客人。

信上写道：“我从来没吃过这么好吃的苹果，我要向你订购。”

台风也拔不起的苹果树

差不多就是这样，虽然人数不多，但订购苹果的客人慢慢增加了。不知道为什么，那时候的苹果特别甜，比现在甜多了。那不是普通的甜，用刀子切的时候，苹果会粘在刀子上。我也搞不懂为什么，可能是苹果树在帮我吧。我很感谢那些客人，愿意坚持买我的苹果。一开始，果园的状态还不稳定，有时候苹果不够甜，也有许多受了伤、被虫子咬的苹果，有客人写信来告诉我“不够甜，我就蘸盐吃”。多亏了那些客人，我才能度过那段辛苦的日子。他们默默地支持我，告诉我说，即使不甜、卖相不好，他们也愿意吃，叫我加油。是大自然在支持苹果树，是我的客人在支持我。

回想起来，虽然有人骂我灭灶、笨蛋，对我白眼相向，但即使在那个时候，也有人支持我。当我付不出水电费时，朋友偷偷帮我付清了；废品站的人特地为我留下比较好的引擎，叫我拿去用，不愿意收我的钱；我向银行贷了一笔款，想着至少该付利息，结果那家银行的分行长说“如果你缴了这些钱，生活费就没着落了吧”，不愿收我的钱；税务局虽然来贴了红单子，但科长一直鼓励我“你总有一天会成功的”。苹果树结果后，隔壁果园的主人把我们果园交界处的苹果树都砍了，他就是通知我苹果树终于开花了的竹谷银三先生的儿子竹谷诚，他对我说：“如果我喷洒的农药跑到你的果园，你的无农药苹果就会受到影响。”本地的法国餐厅主厨山崎隆先生来到我的果园，为我的苹果设计菜肴，希望能促销我的苹果。有这么多人的支持，我才终于挺了过来。在苹果树不结果的时候，我根本无暇考虑这些，事情渐渐顺利后，我才终于体会到。

苹果树无法独立生存，人也无法不依赖他人。我一直以为自己在孤军奋战，其实如果没有周围人的支持，我根本不可能有今天。岳父岳母在苹果树结果后不久就去世了，岳父曾经笑着说：“我没想到你会坚持这么久，原以为你两三年就会放弃。”这一路走来，真的吃尽了苦头。我以前看华冈清州的传记时，发现我们有共同之处。他为了麻醉剂的实验，牺牲了自己的母亲和太太。因为有了他，日本的麻醉技术才得以普及，但他的母亲和太太真的感到幸福吗？真希望她们觉得很幸福，我现在仍然经常思考这件事。

木村的果园也不断在变化。

有了岩木山上的发现后的第五年，木村停止播种大豆，因为大豆根部已经没有根瘤菌了。第一年，大豆根部长满了根瘤菌。第二年、第三年后，根瘤菌的数量逐渐减少。当土壤中的氮素不足时，根瘤菌和大豆的根共生，补充氮素。土壤中的氮素增加到一定程度后，会反过来抑制根瘤菌的活动。第五年不再有根瘤菌，一定是因为果园的土壤里有了足够的氮素。大自然不会浪费任何资源。随着根瘤菌的减少，苹果树也越来越健康，这就是最好的证明。

不光是苹果树，整座果园都充满了活力。

杂草和昆虫的种类大大增加，包括土壤中、树干和树叶表面栖息的菌类在内，果园里的生物种类约有几千种。几千种生物相互竞争、相互依存，编织出一个生态系统。

大豆从果园中消失后，喜欢湿气的杂草开始扩张势力。这种草占了几年优势后，另一种草又四处横行。不同季节、不同年份，各式各样的草交迭更替，改变着果园的模样，好像万花筒一般。

昆虫的世界也一样。当树叶变得茂密，卷叶蛾幼虫和尺蠖比以前更多了，但专门吃卷叶蛾和尺蠖的昆虫也开始增加。

当苹果树开花、每年都有收成后，果园里出现了数量庞大的蜜蜂。虎头蜂、黄蜂、长脚蜂、酒壶蜂……各式各样的蜜蜂在苹果树上和根部筑巢。曾经有一段时间，一棵树上有几十个蜂巢，简直像枝头长出了苹果，木村笑称“感觉像前卫艺术”。粗略地计算一下，发现整座果园有几千个蜂巢。听说曾经因为蜜蜂太多，他根本无法进入果园工作。把蜂巢从树上打下来，敲开一看，里面挤满了卷叶蛾幼虫和尺蠖。

蜜蜂横行了三年，如果苹果园里的害虫因此消失，事情就简单多了，但大自然没有这么简单。第四年，果园里的蜂巢数量大大减少，只剩下零零星星的几个，但木村并不觉得卷叶蛾和尺蠖明显减少。可能在自然生态平衡的地方，食肉类不可能完全把食草类消灭。

木村的果园里上演的是自然界的博弈，就好像台风发生时，周围空气会吹进台风的旋涡一样，当果园的生态系统发生某种变化，肉眼看不到的空隙就让大量蜜蜂有了孕育生命的余地。随着台风北进，气压差逐渐消除，风力减弱，其他生物又会填补这个空隙，导致蜜蜂的数量减少。

土壤中的博弈，一定也在果园里不引人注目的地方进行着。随着这种博弈不停地上演，果园里的生物种类日益丰富。多种生物轮番登场，在这里繁衍栖息，果园的生态系统呈现出更灵活稳定的状态。果园中上演的不是一场博弈，而是几百场、几千场，整体失衡的可能性就大为降低。不停拍打的海浪可以改变海岸的地形，多种生物的活动也会使果园的生态系统更灵活，也更强韧。

果园不是原生态的野山。为了把苹果树培育得像橡树般坚韧不拔，必须让苹果树融入果园的生态系统，这成了木村的重要工作。

比方说秋天割草。木村说："割草是为了让苹果树知道秋天来了。"从岩木山回来后，他开始让杂草恣意生长，几年后，他发现如果一直让草长到秋天，苹果不容易变红。木村认为杂草发挥了保温的功效，所以即使气温下降，地面的温度也不会下降。于是某年秋天，他试着把苹果树周围的杂草割除，发现苹果的颜色变漂亮了。从此以后，每年入秋，他就把果园的杂草割一次。

蜜蜂的大量出现告一段落后，木村开始在苹果树上挂水桶，里面装着稀释过的发酵苹果制成的液体。有时候一夜过后，会有一百只蛾浮在水面上。这些蛾日后会产下尺蠖、卷叶蛾幼虫和毛毛虫。之前，他看到蛾群围着发酵的苹果打转，于是想到了这个主意。经过一段时间的观察，他发现改用红色或黄色的暖色系水桶，并将水桶的高度调整为和人的视线平齐，可以更容易吸引蛾，因为蛾经常在这个高度飞来飞去。

这种方法当然无法和农药匹敌，但可以大大节省除虫的时间。他每年坚持用这种挂水桶的方法，卷叶蛾和尺蠖的数量确实慢慢地减少了。

修剪树枝时，木村也有独特的方法。剪枝对果树栽培具有极其重要的意义。树枝的修剪决定了树形，也就是树的形状。树形对果实和树叶的生长、阳光的照射情况，以及病虫害的发生有极大的影响。明治时代的果农深受病虫害之苦，不光因为缺乏农药，更因为没有确立这种修剪技术。

木村根据苹果树叶的叶脉修剪树枝，他认为叶脉的形状和树根的形状一致。根据叶脉形状，再配合扎根情况，修剪出的就是苹果树的理想树形。在此声明，这只是木村采用的方法，其他果农听了一定会目瞪口呆。况且苹果树是嫁接树木，根部是作为砧木的海棠根，叶子则是苹果叶，为什么根部和叶脉形状能一致？如果要木村回答，他一定会说，自己的工作不是回答这些问题，他只是观察树叶和根部后，凭直觉这么认为。最重要的是，凭着这种直觉修剪后，苹果树的确比以前更加茂盛，结出更大的果实。

“因为我是农民。”木村觉得他的一位邻居说得好，他不是学者。如果是学者，可以用一辈子专心研究苹果树上某一种虫的形态。“但是，农民不能这么做。农民这个词在日文中用‘百姓’表示，百姓就是要做一百项工作的意思，如果不精通一百项工作，就无法当农民。”

这并不是木村的挖苦。研究一只虫可能有世纪大发现，事实上，研究过程中也往往无法只研究某种虫，但这种研究绝不是白费功夫。如同金字塔由无数块石头堆积起来一样，不为人知的小小发现的不断累积，支撑着人类创造的巨大架构——文明。木村当然很清楚这些道理。

然而，如果用这种方法，“根本别想当农民”也是事实。

苹果树从土壤中吸收的水量一年之内如何变化？杂草在不同时期会从土壤中抢走多少养分？泥土中的哪些细菌发挥了怎样的作用？性引诱剂可以在何种程度上阻碍果园内蛾的生殖活动？今年冬天的气候和明年夏天的气候有什么关系……

如果把木村所说的话都记录下来，一两本书根本写不完。为了采访木村，笔者曾经请教几位专家的意见，其中有农业方面的专家，也有生态学方面的研究者。然而，即使在采访中谈到了最新的知识，在木村面前，他们还是矮了一大截。尤其是在苹果树栽培的问题上，他简直是个“百事通”。令人惊讶的是，这些丰富的知识几乎都是木村在果园中摸索出来的。

木村的果园渐渐在研究人员间出了名。“没有使用农药的苹果园”简直就是研究人员的宝山。对害虫的研究者来说，他的果园是不可多得的采集地；对研究苹果疾病的人员来说，想要测试人工性外激素的效果，没有使用农药的果园是踏破铁鞋也找不到的实验地点。

这些研究人员和专家也曾向木村提供过协助，但木村多是靠自己的眼睛和双手摸索。他把自己的果园当成研究对象，坚持着不亚于学者的研究。

木村特别强调学者和农民的不同，既不是挖苦，也不是谦虚，只是指出了两者方法论的不同。

如果说自然科学，也就是学者的方法论是将大自然细分进行研究分析，那么木村想说，自己做的事情完全相反。

大自然根本无法细分。这是木村通过橡树根领悟到的真理。在大自然中，没有哪个生命是孤立的，无论如何精密地分析大自然，人类也无法自己创造出一颗苹果。因此，不能将大自然细分，要将其视为一个整体来理解。农民必须面对的不是科学家分解之后的大自然，而是无数生命彼此牵连的活生生的大自然，所以，农民必须精通上百种工作。

这件事理解起来容易，做起来却很难。面对某件事物时，人类已经习惯从分析的角度去认知。所以，木村把苹果树干的导管用墨水染色，测量电阻，分析水分的移动量，他凭着直觉把这些知识运用在照顾苹果树上。这些知识正确与否，不是取决于能否刊登在一流的学术杂志上，而是取决于苹果园的情况，取决于苹果树可以结出多么优良的果实。

苹果是木村的学术论文，也是他独一无二的业绩。

因此，他说自己不是学者而是农民，也许是他的一种哲学。正因为他是真正的农民，才想突破自然科学的界限。

一九九一年秋天，青森县遭到台风袭击，苹果果农损失惨重。大半的苹果掉落在地，有些苹果树甚至被强风连根拔起。青森县光是苹果的损失金额就达到七百四十二亿日元。然而，木村的果园损失却相当轻微。虽然遭受了同样的强风，但八成以上的苹果都留在树枝上，苹果树也几乎没有受到影响。这不光是因为木村的苹果树根扎得比一般的苹果树更深更密几倍，还因为他的苹果连果蒂也更粗更牢固。

果园的情况逐年改观，也逐步接近适合苹果生长的理想状态。不知为什么，二〇〇〇年后，曾经在果园肆虐的卷叶蛾绝迹了。所以这几年，木村不再使用装了发酵苹果液的水桶，也不需要手上挂着塑料袋抓虫了。树叶和果实仍然出现斑点落叶病和黑星病，但只是少数。即使出现疾病，也不会扩散到整个果园。

明明没有喷洒农药，为什么会出现这种情况？

木村说，最大的原因应该是果园中没有营养剩余。

持续进行无农药栽培后，木村发现一件事。

无论化学肥料还是有机肥料，都会给苹果树提供多余的营养，这成为害虫聚集的原因。施肥可以让苹果树轻松地长大。但苹果树可以轻易得到营养，就不需要努力扎根了。这和时下营养过剩又很少运动的小孩子一样。

众所周知，现代儿童不断出现免疫系统疾病，这和施了过量肥料的苹果树很相似。结果导致苹果树失去自然的抵抗力，没有农药就无法战胜病害和害虫。

其他果园的苹果树根长度最多只有几米，木村的苹果园长满杂草，没有施肥，但调查后发现，他的苹果树根竟然超过二十米。从树枝和树叶看不出太大的差异，然而，地下的根简直就像另一种生物。这和病虫害不再蔓延绝对有密切的关系。

只是不施肥，当然不可能有这样的结果。如果事情这样简单，木村也不需要吃那么多苦。

有一点很明确，苹果园的情况不像一加一等于二这么简单，也不是一对一的因果关系。害虫消失、疾病不再蔓延的原因绝不是单一的。

不管是化学肥料还是有机肥料，木村都不施，也绝不使用会损伤树根的农业机械；果园内杂草丛生，使泥土接近大自然最初的状态；当土壤中氮素不足时，就播种大豆；每年秋天割一次草；随时注意疾病发生的征兆，定期喷洒醋；害虫增加时，把装有发酵苹果液的水桶挂在树上；根据叶脉修剪苹果树……

以上种种皆是原因，这使他的苹果树根出乎意料地牢固。即使不借助农药和肥料，也可以结出硕果。

我们可以说，木村用自己的眼睛和双手取代了农药和肥料，充分运用大自然的规律栽培苹果。

因此，木村的苹果园是大自然、苹果树和木村三者合作的结晶。

木村花费了三十年的时间，创造出这样的苹果园。用木村自己的话来说，他只是协助苹果树而已。

苹果树结出了美味无比的果实。

木村的苹果外表很普通，并不是特别大，形状也不太工整，还有些小损伤。至少看起来绝不是百货公司地下食品卖场的一级品，然而，咬一口这毫不起眼的苹果，会让人情不自禁地流下眼泪。

笔者承认，其中的确掺杂了个人情感，在品尝苹果时，忍不住回想起木村这三十年来经历的无数辛劳。

然而，泪水不仅仅是为此而流。木村的苹果好吃得令人难以置信。

笔者第一次知道，原来人吃格外美味的东西时，会情不自禁地流泪。咬第一口的时候，能感受到全身的细胞都欣喜若狂。这种形容一点都不夸张。

“就是它！就是它！就是它！”全身每一个细胞似乎都在欢呼。

不仅是因为苹果酸甜清香。

木村的苹果当然具备这些要素，十分美味可口，但他的苹果还饱含着其他东西，很难用言语形容。

如果非要说，也许只能用“生命”这两个字表达。他的苹果中充满了活在这个世界上的喜悦之情。

被迫离开母亲的婴儿，再次投入母亲的怀抱时，到底会表露出怎样的情感？笔者相信应该是哭泣。婴儿应该会放声大哭，忘我地把脸埋进母亲胸前。

吃苹果的时候，笔者忍不住闪过这些念头。

回过神来，发现手上只剩下苹果籽了。不知不觉中，居然把苹果核也啃掉了。木村的苹果就连核也很好吃，让人忍不住啃个精光。

最后，容笔者画蛇添足一下。

木村的苹果为什么这么好吃，应该有合理的解释。

在评鉴葡萄酒好坏时，经常提到“Terroir”这个字眼，或许可以译成“大地的香气”。葡萄生长的土壤性质，会对葡萄酒的味道和香气产生很大影响。

从“Terroir”的角度来说，生长在贫瘠土地上的葡萄，往往比生长在肥沃土地上的更能酿出顶级的葡萄酒。为了汲取并不充足的养分，葡萄在泥土中深深扎根，结果吸收了土壤中各式各样的微量元素，使香气和味道更复杂、更具深意。

木村的苹果树根盘曲纠结，又粗又长，遇到台风也十分牢固，很可能和生长在贫瘠土壤中的葡萄情况相同。

这样说来，木村的苹果比靠肥料长大的苹果具有更复杂的香气和甜味，也是很自然的事，就像野生鲷鱼和养殖的鲷鱼口感有差异一样。

还有一件不可思议的事。

木村说曾经一一恳求即将枯萎的苹果树“请你们不要枯萎”。

其实，木村并没有恳求所有的苹果树，尤其是和别人的果园相邻或是马路旁的苹果树，因为木村不愿让其他果农看到他在对苹果树说话。

就算恳求，也有不少苹果树枯萎了，果园里随处可见。

调查过这些枯掉的苹果树后，木村发现了一件奇妙的事。

枯萎的苹果树的位置很随机，并没有呈现一定的规律。强壮的苹果树留了下来，衰弱的苹果树渐渐枯萎。

只有一个例外，有一整排苹果树像多米诺骨牌般全倒了。

木村至今为此深感懊悔。

那些没有出声恳求的苹果树全都枯萎了，无一幸免。

后记

二〇〇七年八月，木村出现在岩木山山麓的苹果园。

果园中飘着淡淡的醋味，他上午刚喷完醋。

枝繁叶茂的苹果树后方，木村正坐在那副梯椅上工作，就是以前他低头看地面时，感觉大地裂开、自己像坐在悬崖峭壁上的那副梯椅。

原本以为那是一架很简陋的金属梯椅，没想到是感觉很温暖的古老木质样式。妻子美千子站在梯椅下，正愉快地和木村聊天。

虽然不想上前打扰，但木村说有东西要给笔者看。

“你看这片树叶，上面有一个小洞，你猜是怎么来的？”

木村拿着一片树叶。树叶中央的确有一个洞。

“是不是被虫咬的？”

木村开心地摇摇头。“不是，这是苹果自己弄出来的洞。我一开始也以为是虫咬的，但没有虫用这种方式吃叶子。我为这个问题纳闷了很多年。有一次，看到这种叶子旁有的叶子出现了斑点落叶病特有的褐色病斑。我很好奇，持续观察这个病斑的发展，发现受到疾病影响的部分越来越干燥，树叶不再提供它水分，好像对疾病展开了攻防战。不久，病斑部分脱落，变成一个洞。旁边刚长出的小叶子却越来越大。我用尺量了一下，洞的大小和新叶子变大的面积几乎相同。如果洞有很多，无法补救时，在树枝前端就会长出新的叶子。在我施肥、洒农药的时候，即使苹果树生了病，也不会出现这种洞。有限的营养可以激发苹果树原本具备的自然力量。了解越多，越发现大自然实在太奇妙了。

“协助大自然、分享大自然的恩惠，这才是农业，也是农业应有的态度。令人遗憾的是当今农业完全背离了这种态度，这种情况不可能永远持续下去。以前，我也曾经向往大规模农业，但推动大规模农业的地区逐渐变成了沙漠。只要看美国谷仓地区和以前苏联集体农庄的现状，就不难了解这一点。无论科学多么进步，人类都无法脱离大自然生存。因为人类本身就是大自然的产物，问题在于人类是否能发自内心地认为自己只是在协助大自然。这关系到人类的未来，我绝不是危言耸听。我所做的事并没有什么了不起，只是协助苹果树而已，但相信这对人类的未来一定有帮助，或许这么说有点夸张，但我由衷地这么认为。”

一点都不夸张。对人类的未来来说，木村完成的壮举比发明飞机、登上月球更重要。

苹果树上结出的青苹果把树枝都压弯了，收获的季节即将到来。看着眼前这片平和的景象，我忍不住暗想——

就是这里！

少年时代，木村和哥哥一起种苹果树苗是在这里；在四座果园中，最初挑战无农药栽培的也是这里；看到浑身闪着银光的人是在这里；当年准备去自我了断时也是在这里；第一次开出七朵花，时隔九年第一次看到满园盛开的苹果花，还是在这里。

他在这里与苹果树面对面，即使受人揶揄、被人视为笨蛋、深受贫穷之苦，他都坚持走下来。

笔者忽然想起，以前似乎也听过类似的故事。

在一个离大海很远很远的地方，有一个男人在造船。世人嘲笑他说，洪水不可能来这里。但他仍然坚持自己的信念，独自继续造船。

然后，男人从地球上各种不同的动物中，各挑选了一对带上船。

为什么不使用农药，也不施肥，这里的苹果树却没有被病虫害摧毁？谜团渐渐解开了。

根据弘前大学农业生命科学系杉山修一教授的研究，木村苹果园的土壤中和树叶表面的微生物数量，是其他果园的好几倍，他的苹果园状态和白神山区原生林十分相似。目前还没有调查昆虫和杂草的种类和数量，相信结果也差不多。多彩多姿的生物之间的博弈，抑制了病虫害的异常发生。

然而，也可以用另一种观点看这件事。木村把那些无法在其他果园生存的生物，带上了名为苹果园的船。

那一天终究会到来。

无论埃及、美索不达米亚还是印度河流域，古代文明肥沃的土地都因为森林砍伐、大肆破坏，最后变成了沙漠。现代人或许会嘲笑古人思虑不周，然而这一切都是建立在我们有化石燃料的基础上。即使森林消失，我们仍然可以不为所动，因为远方还没有灭绝的森林木材源源不绝；即使一片土地成为了沙漠，还有其他土地可以变成农田。因此我们对眼前的大自然视而不见。就像没人思考为什么不使用农药和肥料就种不出苹果一样，很少有人思考现代人缺乏农药和肥料就无法生存意味着什么。

这种情况不可能一直持续下去。

资源枯竭在先，还是环境被破坏到无法恢复在先，目前无法预测。总之，到那个时候，依赖农药和化学肥料的现代农业就会崩溃。

不知道这会发生在一百年后，还是三十年后。

有朝一日，大洪水就会出现。

“所以，这座果园是方舟？”

笔者突如其来地问道，但木村立刻就会了意。

“是不是该这么说？”

他摊开双手，做出的动作好像圣人，还嘀咕了句什么。

说完，他开心地笑了。

这几年，木村在日本各地进行农业指导工作。指导对象除了苹果果农，还包括栽培水稻、蔬菜、茶叶、橄榄和芒果的农民，他们都接受了木村的建议，不使用农药和肥料，努力走向自然农业。无论水田还是旱田都变得十分丰饶，令人刮目相看。木村的名气也越来越大。最近除了日本国内，也有来自国外的邀请，演讲和进行农业指导的邀约不断。

木村是认真的，他建议无论白米还是蔬菜，当无农药无肥料的栽培收获逐渐稳定后，就应该努力降低价格。

木村的苹果无论从味道还是稀有性来看，都可以卖出比目前贵五倍的价钱，但木村绝不这么做。如果可以，他希望全日本的民众都可以吃到他种的苹果。

至少他认为，价格必须设定在每个人都买得起的范围内。

事实上，即使价格再贵，也有人买他的苹果。

无农药、无肥料栽培农作物费时费力，和使用农药及肥料相比，收获也比较少。生产者当然希望卖出好价钱。

木村说，如果真是这样，无农药栽培的作物会永远成为一种奢侈品。如果无农药作物只是供应给有钱人的奢侈品，无农药无肥料栽培就无法传播和推广。

即使眼下有一定困难，总有一天，用他的方式种出来的农作物，可以在价格上和用农药与肥料种出来的农作物竞争。

这是木村的梦想。

如果价格相差无几，大部分人一定会选择无农药、无肥料的农作物。如果无农药苹果和有农药苹果的价格相同，大部分人一定会买无农药苹果。

这样，一般的农民才会认真考虑无农药无肥料的农作物栽培，这才是最重要的。如果有人需要帮忙，木村愿意大力协助。虽然他历经了千辛万苦才摸索出栽培苹果的方法，却愿意毫无保留地和所有人分享，他从来没有想过把这些知识变成自己的专利。几年后，日本一定会出现几个果园像木村的这样，不使用农药与肥料，却有稳定收成。

既然以前那么辛苦，想从中获利也是人之常情，但木村对这些毫无兴趣。他的牙至今未补，家里的纸拉门也没有换新的。

因为他知道还有更重要的事。

随着文明过度发展，人类忘记了自己的根。网络非常方便，用手机随时可以连线世界各地，但如果不吃不喝，人就无法活下去。生态学家说，人类是植物的寄生虫，农业是人类生存的根。

人类生命的根一旦枯萎，人就无法生存。

虽然每个人都知道这个道理，然而这个根已经如此纤弱，现代人看在眼里，却仍然无动于衷。

木村很少提及这些事。他不求名不求利，默默地做着该做的事，相信总有一天世人会了解自己。

笔者发自内心地觉得，这个世界上，有些人真的很了不起。

苹果树叶随风摇曳，发出沙沙的声响。

笔者没来由地想起木村刚才的话。当时令人全身为之一震。

木村带着玩笑的口气，但的确是这样说的：

“来我的船上吧。”

正值酷暑，弘前市的气温超过三十度，木村的果园却凉风徐徐。笔者说外面很热，木村笑着建议：“那你就在这里写稿吧。”

于是，本书大部分内容都是在木村的果园内完成的。

坐在草丛里，打开电脑，苹果树的树荫下一片凉爽。

蝗虫在恣意生长的杂草海洋中蹦蹦跳跳，蜜蜂飞舞，远处传来青蛙的叫声。这里不像果园，更像是丛林。

图书在版编目(CIP)数据

这一生，至少当一次傻瓜/〔日〕石川拓治著；王蕴洁译．—2版．—海口：南海出版公司，2015.3

ISBN 978-7-5442-7542-2

Ⅰ．①这… Ⅱ．①石…②王… Ⅲ．①散文集—日本—现代 Ⅳ．①I313.65

中国版本图书馆CIP数据核字(2014)第270535号

著作权合同登记号 图字：30—2011—108

这一生，至少当一次傻瓜
〔日〕石川拓治 著
王蕴洁 译

出　　版　南海出版公司　(0898)66568511
　　　　　海口市海秀中路51号星华大厦五楼　　邮编 570206
发　　行　新经典发行有限公司
　　　　　电话(010)68423599　　邮箱 editor@readinglife.com
经　　销　新华书店

责任编辑　张　苓　翟明明
特邀编辑　贺　静
装帧设计　金　山
内文制作　田晓波

印　　刷　北京中科印刷有限公司
开　　本　870毫米×1092毫米　1/32
印　　张　6
字　　数　110千
版　　次　2012年4月第1版　2015年3月第2版
印　　次　2023年9月第14次印刷
书　　号　ISBN 978-7-5442-7542-2
定　　价　35.00元